Le Verger des caresses

Rejeb ben Sahli

Le Verger des caresses

conte bédouin

Phébus

Illustration de couverture :

Attr. à Siâvosh (2e moitié du XVIe siècle),
« Tendre entretien ».
(Collection particulière)

Note de l'éditeur

Avouons que notre perplexité ne nuit en rien, bien au contraire, au plaisir que nous a toujours procuré ce texte énigmatique, qui aujourd'hui encore reste fermé sur son secret. Nous ignorons qui l'a écrit, qui l'a traduit (ou trahi?) et nous ne savons pas davantage à quelle époque au juste nous sommes redevables de cette brève merveille.

La seule édition que l'on en pouvait trouver il y a quinze ou vingt ans encore, et dont on ne peut assurer qu'elle fut la première, avait été publiée plus ou moins sous le manteau en 1959 par un éditeur qui avait dû juger prudent de ne pas déposer le livre à la Bibliothèque Nationale. L'éditeur en question, qui se bornait à mentionner un nom de collection sur la couverture de l'ouvrage (« l'Humour du Temps, Paris »), n'a pas voulu signer son sympathique forfait. Quant à la men-

tion d'usage qui figure en fin de volume et qui se donne toutes les apparences de la respectabilité (« Achevé d'imprimer en novembre 1959 sur les presses de l'Imprimerie Spéciale de la Collection l'Humour du Temps. Dépôt légal 4e trimestre 1959 »), elle n'est qu'un écran de fumée – puisque, nous l'avons dit, le dépôt légal ne fut jamais effectué. De même, c'est en vain que l'on compulsera les volumes de la Bibliographie de la France *publiés vers cette époque : aucune maison d'édition à cette enseigne n'y est répertoriée. Le libraire bibliophile Jean-Pierre Dutel, excellent spécialiste des raretés de second rayon, à qui l'on a soumis un exemplaire de ce tirage, ne reconnaît la griffe d'aucun des éditeurs qui s'illustraient alors, aussi courageusement que discrètement, dans ce type de publication. Il faut dire qu'en cette fin des années cinquante (et jusqu'au début des années soixante-dix, pour être tout à fait précis), les tribunaux parisiens ne plaisantaient pas en matière d'atteinte aux bonnes mœurs par voie d'écriture, et la valeur littéraire des œuvres qui avaient le malheur d'encourir leurs foudres ne changeait rien à la sévérité de principe du verdict.*

Ne jetons donc pas la pierre à celui qui courut le risque d'une condamnation à seule fin de nous laisser goûter cette rare friandise. Et fermons même les yeux sur les défauts qui ont quelque peu dénaturé son tra-

vail. Fautes d'orthographe, ponctuation aberrante, transcription désinvolte des noms propres, laxismes stylistiques (qui ne sont pas, semble-t-il, le fait du « traducteur » de l'œuvre, qui ne cesse de nous donner par ailleurs des preuves de sa maîtrise de la langue, et dont le texte a sans doute souffert à l'imprimerie) : la liste serait longue de ces imperfections de détail, qui toutes ont été scrupuleusement corrigées dans la présente édition.

Qui pourra nous dire si le dénommé Rejeb ben Sahli a jamais existé? L'orientaliste René Khawam consulté sur ce point assure qu'aucun écrivain de ce nom n'a laissé la moindre trace dans les annales de la littérature arabe. Seuls indices, apparemment contradictoires : le cadre du récit emprunte visiblement à la tradition arabo-persane (celle des Mille et une nuits*), mais la graphie des noms propres et l'usage de certains termes (gandoura, fantasia) nous conduiraient plutôt vers le Maghreb.*

Bref, parvenu à ce point de l'enquête, c'est à peu près en ces termes que Sherlock Holmes résumerait ses conclusions à l'attention de son ami Watson : Rejeb ben Sahli a tout du pseudonyme. Quant au « traducteur » qui se cache derrière ce masque, c'est un lettré français familier des conteurs maghrébins du début de ce siècle, qui ont pu lui livrer divers épisodes « roma-

nesques » d'origine orientale dont il s'employa par la suite à faire une manière de conte. Seule certitude : notre homme a lu le fameux Dr Mardrus si fort célébré par Mallarmé, libre adaptateur des Nuits à la Belle Époque, dont il partage le style tout d'ingénuité feinte, de provocation insidieuse et de désinvolte préciosité. Notons enfin que ce mystérieux personnage n'a pas daigné donner de titre à son œuvre, tout au plus un sous-titre (« conte bédouin »), sans doute par ce même souci de discrétion qui l'a conduit à attendre le mitan de ce siècle pour en autoriser la publication – car les meilleurs connaisseurs de l'érotologie contemporaine et passée, J.-J. Pauvert et J.-M. Lo Duca, n'en découvrent pas trace avant l'édition de 1959...

Mais l'innocent lecteur a peut-être envie de pousser sans plus tarder la porte de ce Verger (ainsi intitulé en attendant mieux). Laissons-le donc emboîter le pas au prince Fleur d'Amour, qui traverse ce monde comme s'il s'agissait d'un jardin où tous les fruits sont bons à cueillir, les plus doux comme les plus amers, et où la rose apparaît d'autant mieux désirable qu'elle se pare de quelques épines.

J.P.S.

LA GAZELLE BLANCHE

Autrefois, il y a très longtemps de cela, vivait à Kerbela un prince, fils de roi, beau comme lune à son quatorzième jour. On l'appelait Fleur d'Amour.

Ce prince était aimé de son père comme nul autre fils ne le fut jamais, car il eut dès sa naissance toutes les qualités et toutes les beautés. Dès qu'il fut en âge de se cultiver, son père lui donna les maîtres les plus réputés du royaume qui ornèrent son esprit à l'égal de son corps. Lorsqu'il atteignit sa quinzième année, Fleur d'Amour fut initié aux affaires du royaume et seconda son père tant sur le trône de la justice que sur celui de la guerre. Puis des courtisanes savantes dans l'art d'aimer lui apprirent ce qu'il devrait en connaître, et dans cette matière également Fleur d'Amour se montra habile et entreprenant. Alors seulement son père se résolut à se démettre de sa couronne et à la confier à son fils qu'il jugeait digne de lui succéder.

Mais il advint que ce fils bien-aimé, ce prince chéri des femmes qui toutes sentaient battre leur cœur à sa seule vue, cet adolescent au visage si beau, à la taille aussi souple que les roseaux sous le vent, qui savait faire vibrer merveilleusement le cistre ou le luth et improviser des poèmes, qui connaissait des sciences humaines et de celles d'Allah ce qu'un homme en peut savoir, il advint que ce prince partit un jour à la chasse, seul comme il en avait coutume, chevauchant à l'aventure, libre et hardi. Mais ni son père ni les dames de sa cour, ni les vizirs ni même ses esclaves ne devaient le revoir jamais. Cela était écrit, mais Allah seul connaît les choses cachées.

Fleur d'Amour chassa donc tout le jour dans les forêts et dans les plaines, et plusieurs pièces de beau gibier pendaient déjà à l'arçon de sa selle lorsque soudain sur sa route il vit surgir une gazelle blanche portant une étoile d'or sur le front.

Curieux de voir de plus près un animal aussi étrange, il éperonna son cheval et galopa vers la gazelle. Mais elle fuyait à vive allure et le jouvenceau ne la rattrapait point malgré l'ardeur de son coursier. La poursuite dura longtemps, par monts et par vaux; les heures succédaient aux heures, et la gazelle courait toujours.

Il arriva enfin que la mer leur barra la route, mais la bête s'y plongea et nagea vers l'autre rive.

Le prince l'y suivit sur un frêle esquif de pêcheurs, de plus en plus désireux de l'attraper, mais il ne put gagner sur elle d'aucune longueur. La mer était immense et la traversée dura plusieurs jours et plusieurs nuits. Fleur d'Amour voguait en silence, son bateau léger volait dessus la vague, mais toujours la gazelle fuyait à égale distance de son poursuivant.

Le jeune homme ne pensait guère à ceux qu'il laissait derrière lui inquiets et désespérés. Toutes ses pensées étaient tendues vers la bête au pelage éblouissant que son jeune et téméraire orgueil ne voulait point laisser échapper.

Une semaine avait passé quand de son esquif il aperçut enfin une terre inconnue. Lorsque son bateau aborda le rivage, la gazelle avait disparu à ses yeux. Perplexe, le jeune homme s'élança sur la terre ferme mais il ne sut où diriger ses pas. Déjà autour de lui des gens se rassemblaient qui le dévisageaient avec curiosité. Ils étaient vêtus de façon bizarre, n'avaient point de gandoura et ne portaient ni chéchia ni turban. Les femmes n'étaient point voilées et promenaient impudiquement leur visage découvert.

Deux hommes s'approchèrent de lui et, à leur mine, il vit aussitôt que c'étaient des marchands, car sous tous les climats et en chaque pays leur aspect est semblable : teint bilieux et regards fourbes, une main repliée sur une bourse bien remplie et l'autre agile à s'aventurer dans celle d'autrui.

Les deux inconnus, vêtus richement bien que sans élégance, s'arrêtèrent auprès du jeune homme et l'un d'eux lui adressa la parole en sa langue :

– Que viens-tu faire sur ce rivage, ô étranger? Tu me parais bien jeune pour t'aventurer ainsi seul, en des terres inconnues! Mais ton habit me dit que tu es de haut lignage. Apprends-nous donc qui tu es et d'où tu viens. Mais je puis te dire tout de suite que le sort qui t'attend en ce pays des Sept calices n'est guère enviable : tu ne tarderas pas à pleurer toutes les larmes de ton corps sur le sort funeste qui te conduisit en ces lieux! Nul adorateur d'Allah et de son faux prophète n'aborda jamais ce rivage sans qu'il le regrettât!

– Oui, reprit l'autre homme sur le même ton méprisant, nous voyons bien que tu es de la race de ceux qui vénèrent l'Usurpateur!

Fleur d'Amour, qu'un tel langage surprenait, rendit pourtant aux étrangers un salut fort courtois, ne se laissant nullement décontenancer par leurs discours :

– Ô nobles étrangers qui habitez cette terre qu'Allah le très haut et le très glorieux a placée sur ma route quand je me croyais égaré à jamais sur la mer inhospitalière, salut! Je vous remercie de m'accueillir avec bienveillance quoique nous soyons de croyance différente, et peut-être m'aideriez-vous à retrouver le chemin de mon pays. Mais je ne suis ni un ingrat ni un incapable : je saurai vous rendre vos bienfaits au centuple en vous enseignant ce que nul de vous ne connaît, tout comme vous à votre tour saurez m'éclairer sur ce que j'ignore!

Mais le second marchand l'interrompit aussitôt :

– Jeune mécréant, comment voudrais-tu que nous t'accordions une hospitalité que les tiens nous refusent chaque fois que l'un des nôtres aborde à vos rivages et se trouve sauvagement assassiné! Ne compte donc nullement sur notre indulgence, et si nous ne te tranchons pas la tête sur l'heure comme Dieu dans son omniscience nous recommande de le faire, tu n'en demeureras pas moins notre esclave et nous serviras au gré de nos désirs. Tu gagneras ta nourriture par ton travail et ta liberté comme tu le pourras si le destin te vient en aide!

Ces paroles affligèrent fort le jeune prince qui n'avait point accoutumé d'entendre de semblables discours. Il se montra cependant beau joueur et opposa son sourire le plus rayonnant à sa mauvaise fortune. Emboîtant le pas aux deux étrangers, il résolut d'attendre avec sérénité et patience la voie de sa destinée.

La cité dont ils approchaient n'était point faite comme celles qu'il connaissait. Ici, nulle maison blanche aux patios ombragés et fleuris, nul palais aux vastes jardins, nulle mosquée au minaret dressé vers le ciel comme le zeb d'un géant au réveil triomphant, aux coupoles étincelantes et fermes comme les seins d'une jeune vierge. Il n'y avait là pour toute habitation que de grands trous creusés dans le rocher de la montagne, qui s'élevait à pic, lisse comme un miroir, au-dessus de leurs têtes. Et devant ces trous noirs Fleur d'Amour vit des hommes s'agiter, aller et venir.

Cette ville bizarre, étagée sur la paroi du rocher, n'avait point de rues mais des échelles de bois ou de corde qui reliaient les habitations entre elles, et sur ces échelles, des hommes s'affairaient en bande, tel un peuple de fourmis. Tout ici paraissait informe et dénué de beauté, mais non d'étrangeté, et le jeune prince se promettait déjà de faire écrire son aventure par les écrivains de sa cour dès son retour au palais du roi son père, si Allah permettait un jour qu'il y retournât.

Les deux marchands le conduisirent vers l'une de ces demeures et le jeune homme fut, dès son entrée, frappé d'un spectacle étrange. Son nouveau domicile avait l'aspect d'une caverne d'Ali-Baba dans laquelle étaient accumulées pêle-mêle des richesses incalculables, entassées sans ordre et sans soin : poteries précieuses, tapis de haute laine aux dessins admirables, plats d'or et d'argent, coupes ciselées avec art, bois précieux, meubles d'ébène marquetés d'ivoire, gargoulettes de parfums rares, coffres de bijoux, et parmi tout cela, éparpillés, de lourdes pépites d'or et d'énormes diamants.

Le jeune homme s'étonnait de plus en plus de ce que de telles richesses se trouvassent dans une demeure aussi pauvre. Aner – tel était le nom de son maître, puisque de prince, Fleur d'Amour devenait l'esclave d'un vil marchand – le conduisit au fond de la caverne et l'enferma en un cachot obscur sans lui donner plus d'explications.

Voilà comment Fleur d'Amour, égaré par la gazelle à toison blanche, parvint au royaume de Calessas, roi borgne et mécréant : royaume dont aucun voyageur jamais ne revint.

Les habitants de cette terre redoutée ne vivaient que de rapines et du pillage des épaves des navires qu'ils avaient attirés sur les brisants de leur côte au moyen des grands feux qu'ils allumaient dans la nuit. Une autre source de leur richesse inutile était la Montagne Bleue qui dominait leur ville et dont le sommet était recouvert de gros diamants et de pépites du plus bel or.

HISTOIRE DU ROI BORGNE

Au soir, Fleur d'Amour reçut la visite d'une vieille femme édentée et hideuse à voir qui lui apportait à manger. La vieille, trouvant le jeune homme le visage baigné de larmes, s'enquit de sa peine et le voulut consoler. Il lui conta son aventure étrange sans qu'il en retranchât un mot et cela allégea son chagrin. La vieille le plaignit fort et lui dit :

– Ô jouvenceau, souviens-toi des paroles du poète :

Oublie le bonheur dont tu jouissais hier
mais qui ne t'a point suivi dans le présent.
Sois heureux, n'attends rien, ne regrette rien.
Ce qui doit t'arriver est écrit dans le grand livre
que feuillette au hasard le vent de l'éternité.

« Ne te lamente plus sur tes malheurs mais ouvre plutôt tes oreilles et ton esprit à ce que je vais t'apprendre. Tu me disais à l'instant comment une gazelle blanche au front orné d'une étoile d'or t'avait conduit en ces lieux. Eh bien je vais te conter l'histoire étonnante de cette gazelle, mais à la seule condition que tu saches tenir ta langue en repos et enfouir en toi ce que je vais te dire, car il en irait de ta vie et de la mienne si tu venais à jaser.

Fleur d'Amour promit à la vieille une discrétion absolue, après quoi elle reprit :

... Apprends, jeune homme, que Calessas, sultan de cette terre, n'était point borgne autrefois et que les habitants de ce royaume furent de fidèles croyants avant les événements que je vais te retracer et qui leur firent quitter le chemin de la foi. Il y a vingt ans, Calessas s'assit sur le trône de son père qui fut l'un des plus sages et des plus glorieux sultans des terres d'Orient. Rien ne lui manquait des choses qui procurent le bonheur à l'homme le plus difficile, car Allah lui avait donné sans compter la santé, la jeunesse, la puissance et la gloire. Comme capitale de son empire il avait reçu la ville la plus délicieuse et la plus riche de l'univers, où, pour les plaisirs de son âme et de ses sens, se trouvaient réunies la beauté de la terre, la beauté du ciel et la beauté des femmes aux yeux ardents comme le diamant, à la croupe abondante et à la taille fine et souple comme le jonc caressé par le vent.

Calessas était jeune et beau et répandait sa justice sur une cité paisible. Dès les premiers mois de son règne, tous ses sujets, qu'ils fussent princes ou esclaves, le louaient pour sa modération et sa droiture.

Mais un jour qu'il se promenait au bord de la mer, seul, il vit sur le rivage une jeune fille qui dormait nue, étendue sur le sable. Elle était si belle que le cœur de Calessas en fut embrasé dans l'instant et que sous sa gandoura son rameau de corail devint branche et s'agita violemment. Calessas descendit de son cheval et, amoureux éperdument, baisa la jeune fille sur la bouche. Et il lui eût témoigné de sa passion plus intimement encore si l'inconnue, au frémissement des lèvres du prince sur les siennes, ne se fût éveillée et, craintive, ne se fût élancée dans la mer où elle disparut, abandonnant sur le sable son collier et son voile. Le sultan en fut si chagrin qu'il rentra en son palais en proie à la rêverie la plus profonde. Le sommeil et l'appétit l'abandonnèrent tout à fait et la douleur se peignit bientôt sur son visage à la place de la joie qui y rayonnait jusqu'alors. Il n'avait plus goût pour aucun des plaisirs qui l'occupaient autrefois. Il passait ses journées à errer sur le rivage, cherchant sur la vague et sur le sable l'image de celle qu'il y avait vue. Le changement d'humeur de son maître inquiéta son vizir, qui se hasarda à demander au sultan la cause de sa douleur.

Calessas lui fit part de son aventure et lui montra les vêtements et le collier que la jeune fille avait abandonnés derrière elle. Le vizir, étonné aux limites de l'étonnement par le récit de son maître, lui suggéra de consulter les sages de sa cour afin d'apprendre de leur bouche s'il n'était point possible de retrouver cette inconnue. Le sultan le remercia de son avis et convoqua les savants et les sages de son royaume pour le lendemain.

Or il se trouvait qu'un sage vieillard vivait dans le pays, qui des choses de ce monde et de l'au-delà avait une connaissance à nulle autre pareille. Et lorsque ce fut son tour d'être interrogé, ce vieillard répondit :

– Ô Sultan, Émir des Croyants, il te sera difficile de retrouver la personne que tu recherches, mais sur cette terre rien n'est hors de la portée de l'homme entreprenant, et il se peut après tout que tu parviennes à tes fins. D'après le collier que tu nous montras, je puis t'affirmer que la jeune fille que tu vis sur le rivage n'est autre que la princesse Madoura fille d'Adrar, le Roi des Mers. Mais je dois t'avouer, ô Sultan, que je n'ai point connaissance de sa résidence et que je ne saurais t'indiquer d'autre moyen de la retrouver que de conquérir la Pierre de Vérité. Cette pierre se trouve dans un coffret gardé par sept dragons redoutables, au sommet de cette montagne inaccessible qui se dresse au-dessus de ta cité. Nombreux sont les hommes qui depuis des siècles ont tenté la conquête de ce coffret, mais il n'en est pas un qui y soit parvenu. Si tu acquiers cette pierre, tu pourras te fier à elle en toute chose car elle est la Pierre de l'Omniscience. Mais n'oublie jamais que sa possession engage son propriétaire à ne point mentir ni violer sa parole du jour où il l'aura tenue entre ses mains...

A peine eut-il achevé son discours, le sage se retira sans attendre la récompense que le sultan lui réservait.

Calessas pria aussitôt les chevaliers les plus adroits de sa cour d'aller conquérir pour lui la Pierre de Vérité et promit à celui qui la lui rapporterait d'exaucer son désir le plus cher, s'il était en son pouvoir de le satisfaire, et la jouissance de la moitié de son trésor et de son royaume.

Ils furent nombreux à tenter l'aventure, mais tous y trouvèrent la mort avant même d'atteindre le sommet de la montagne maudite. Les parois du mont étaient si lisses et abruptes que tous ceux qui essayèrent de les vaincre se fracassèrent la tête sur les rochers.

Le sultan Calessas y perdit ses plus fiers guerriers et désespérait de retrouver jamais la jeune fille qui hantait son cœur et son esprit. Or un jour que, les yeux noyés dans le noir des songes, il était dans un abattement plus profond qu'à l'ordinaire, refusant de manger, de boire et de s'occuper des affaires du royaume et ne souhaitant que la mort, son vizir entra dans la chambre où le sultan reposait et, après lui avoir rendu les hommages dus à son seigneur, lui dit :

– Ô Maître, voici à la porte du palais, sollicitant une audience, un nain bossu, au visage contrefait et hideux à regarder au point que tous ceux qui l'approchent détournent leurs yeux aussitôt. J'eusse chassé cet être afin d'éviter à ton regard auguste de se poser sur un objet aussi méprisable s'il ne m'avait dit qu'il venait te demander la permission de conquérir la Pierre de Vérité.

A ces mots de son vizir, le sultan Calessas le pria de laisser entrer le nain auprès de lui. Il accorda au petit bossu le droit de tenter l'aventure aux conditions qu'il avait lui-même fixées. Les courtisans et les familiers du sultan ne purent s'empêcher de sourire aux prétentions du bossu et l'accablèrent de quolibets lorsqu'il passa auprès d'eux. Mais celui-ci ne s'en formalisa guère et pria le vizir de lui faire apporter un bélier noir qu'il égorgea dans la cour du palais et qu'il vida de ses entrailles. Puis il se fit conduire au pied de la montagne et là, demanda qu'on l'attachât dans la dépouille de l'animal. Les esclaves du sultan le ficelèrent à la peau du bélier comme il les en avait priés. Le bossu n'avait gardé à la main qu'un couteau à lame effilée et sept petits quartiers de viande empoisonnée.

A peine les esclaves et les curieux s'étaient-ils retirés qu'un grand vautour fondit sur la dépouille du bélier et l'enleva dans les airs vers le sommet de la montagne. Là-haut, l'oiseau se posa, ses serres toujours agrippées à sa proie, et il s'apprêtait à la dévorer lorsque le petit bossu, dont la ruse avait réussi, trancha de son couteau les liens qui le rattachaient à l'animal et, jetant de grands cris, mit celui-ci en fuite.

Puis il s'avança hardiment au-devant des sept dragons gardiens du coffret, dont les gueules crachaient des flammes. Il leur jeta un à un les morceaux de viande qu'il avait apportés et attendit que le poison qu'il y avait mis eût fait son effet.

Autour de lui le sol était jonché de lingots d'or et de diamants gros comme des oranges. Le nain se promit d'en ramasser quelques-uns des plus beaux avant que de s'en retourner au royaume de Calessas. Les dragons, sous l'effet du poison, furent bientôt saisis de convulsions et poussèrent des rugissements épouvantables qui mirent en émoi jusqu'aux habitants du palais, mais comme les monstres étaient rivés au sol par de solides chaînes de fer, leurs contorsions étaient si grotesques et si inutiles que le bossu crut assister à une danse infernale. A la fin, les sept dragons s'écroulèrent l'un après l'autre comme foudroyés. Le petit homme s'empara du coffret qu'il convoitait et, l'ayant ouvert, vit avec grand-joie la pierre aux couleurs ineffables qui chantaient à ses yeux comme les feux du plus beau des diamants.

Sans perdre de temps il s'adressa à la Pierre :

– Ô Pierre, si tu es celle que je recherche, dis-moi par quel chemin je pourrai redescendre dans la plaine sans courir le risque de me rompre le cou.

La Pierre dans son écrin pivota trois fois sur elle-même, chanta d'une voix pure une mélopée de jadis et répondit :

– Frappe quatre fois du pied le sol sur lequel tu te tiens et la terre s'ouvrira. Tu verras un croissant d'ivoire et d'or que tu enfourcheras dès que la nuit sera venue mais avant que la lune ne se lève. Le croissant te transportera au bas de la montagne à l'endroit que tu lui désigneras, mais prends garde de ne t'en servir qu'une fois car à la seconde ce serait pour ta perte.

Le petit bossu frappa quatre fois le sol et la terre s'étant entrouverte, il prit le croissant magique et le posa à ses pieds. En attendant la nuit, il rassembla les plus beaux diamants qu'il put trouver et les jeta au bas de la montagne avec quelques lingots d'or. Tout à l'heure, se dit-il, je les ramasserai et la richesse qu'ils m'apporteront me permettra de vivre heureux jusqu'à la fin de mes jours.

La nuit étant venue, le bossu enfourcha le croissant qui, en un clin d'œil, le conduisit dans la plaine. Il rassembla là son or et ses diamants, en chargea vingt chameaux et se rendit en ville au palais du sultan Calessas.

Le sultan le reçut bien que l'heure fût tardive et se montra surpris de le retrouver en vie, et davantage encore de recevoir de ses mains la Pierre de Vérité qui allait enfin lui permettre de retrouver la princesse qui, depuis qu'il l'avait vue, occupait toutes ses pensées. Calessas pria son chambellan de donner sur-le-champ le plus beau et le plus riche vêtement de sa garde-robe personnelle à celui qui venait de risquer sa vie pour sauver celle de son souverain. Puis il ordonna à son vizir d'offrir de grandes réjouissances à son peuple et à sa cour, lui enjoignant de distribuer cent caisses d'or de son trésor personnel aux pauvres du royaume.

Ceci fait, Calessas n'eut rien de plus pressé que d'ouvrir le coffret et de demander à la Pierre de Vérité quand et comment il pourrait revoir la fille du Roi des Mers, qui occupait toutes ses pensées.

La Pierre pivota trois fois sur elle-même et de sa voix suave et pure lui dit :

– Ô sultan, à la prochaine nuit de pleine lune, va sur le rivage où tu vis la princesse pour la première fois; car à minuit, tu y rencontreras le Roi des Mers et sa fille, venus sur le rivage rendre hommage à la lune, objet de leur vénération.

A quelques jours de là, la nuit de la pleine lune, le sultan Calessas sortit seul de son palais revêtu de son costume d'apparat et chevauchant son plus noble coursier. Il avait donné ordre à son vizir de veiller à ce que nul ne le suivît.

Sur le rivage, à quelques pas des flots, le sultan mit pied à terre et attendit, plongé dans la plus douce rêverie, la venue de la princesse. Soudain, quand il fut minuit, un grand bouillonnement agita la surface de l'onde qui se para de couleurs si vives que Calessas en fut ébloui. La mer s'entrouvrit, dressée brusquement et comme figée en deux murailles qu'on eût dit de cristal, et le Roi des Mers, le puissant Adrar, apparut avec sa fille revêtu d'un costume étincelant, accompagné d'une suite nombreuse et fort noble.

Adrar était vêtu d'azur et d'or, la princesse Madoura portait une robe d'écume et un voile de cristal qui tombait jusqu'à ses pieds. Le sultan, la voyant apparaître à ses yeux si belle et si pure, en demeura fasciné, n'osant plus ni parler ni bouger de sa place.

La cérémonie de l'adoration de l'astre de la nuit déploya ses fastes pendant une heure et Calessas demeura respectueusement à quelque distance des officiants. Mais lorsqu'il vit qu'Adrar allait s'en retourner en son royaume marin sans lui avoir accordé la plus petite attention, il s'avança vers lui et lui dit :

– Ô Roi puissant, maître des mers et des abîmes insondables, accueille ma requête d'une oreille favorable. Je suis le prince d'une cité prospère et d'un pays puissant. Et comme tel tu me vois venir à tes pieds, suppliant, demander la main de ta fille que j'aperçus un soir sur ce rivage. Sache que depuis ce jour mon esprit et ma raison vacillent et que tout mon être soupire après elle. Voilà ce qui me donne l'audace de venir ici, seul, dans l'espérance que tu agréeras ma demande et me rendras le plus heureux des hommes et le plus comblé des monarques.

Le Roi des Abîmes, Adrar le puissant, qui de son œil clairvoyant avait sondé le sultan pendant qu'il lui parlait, lui répondit :

– Ô sultan, la demande que tu m'adresses est fort imprudente car je ne pourrai te donner ma fille en mariage qu'à la seule condition que tu m'apportes la Pierre de Vérité, joyau de ma couronne qui fut ravi à mon père par un génie de la terre. Or comme je doute fort que tu puisses me restituer ce joyau, je serai obligé de repousser ta demande, car avant de mourir, mon père me fit jurer de ne m'allier à un terrien qu'à cette seule condition.

Mais Calessas répliqua aussitôt :

– Voilà une condition qu'il me sera facile de satisfaire, ô souverain, puisque c'est grâce à la pierre dont tu me parles que j'ai réussi à te trouver ici. Je m'engage donc à te remettre ce joyau dès que j'aurai épousé la princesse Madoura que j'aime déjà du plus grand amour.

– Sultan, lui dit Adrar, puisqu'il en est ainsi, je ne saurais te refuser plus longtemps la main de ma fille.

Calessas, dont le cœur palpitait de joie, invita le Roi des Mers, sa fille et leur suite en son palais et ordonna de grandes fêtes en leur honneur. Les réjouissances durèrent une semaine entière et les deux souverains se firent de grandes largesses et n'oublièrent point leurs courtisans.

Les préparatifs du mariage furent menés avec soin et l'on n'épargna ni la richesse ni le bon goût. Enfin, lorsque le jour où le sultan Calessas devait prendre pour femme Madoura la princesse des Mers fut arrivé, les deux souverains en étaient venus à s'aimer mutuellement au point qu'ils s'affligeaient déjà à la seule pensée d'être obligés de se quitter un jour prochain.

Le matin des noces, Calessas offrit à ses hôtes et à sa cour une fête dont la splendeur et la somptuosité n'avaient encore jamais été égalées par aucun roi en aucun royaume. Et la fantasia qui mit aux prises, en un tournoi courtois, les princes et les chevaliers les plus renommés pour leur beauté et leur adresse de tous les royaumes d'Orient, fut la plus belle que l'on eût jamais vue. Après le repas auquel dix mille convives de marque prirent part, les danseuses et les musiciennes charmèrent les yeux et l'esprit des invités, afin que cette journée restât à jamais mémorable dans le cœur de tous ceux qui y avaient participé.

La nuit venue, la fête durait encore, mais dans l'appartement du sultan, des esclaves revêtaient la princesse de sa parure nuptiale. Puis Calessas, entouré de ses familiers, entra dans la chambre où la princesse encore voilée l'attendait. Les deux époux furent couronnés de fleurs et des parfums aux vertus merveilleuses leur furent versés sur les cheveux. Enfin on les laissa seuls et il leur advint ce qui devait leur advenir.

Le sultan se dévêtit en toute hâte et quand il fut nu devant Madoura, son épée de volupté se dégaina d'elle-même et se dressa d'une façon si martiale que la princesse ne sut résister au plaisir de la venir caresser. Elle la prit d'abord dans ses deux mains et la parcourut de ses doigts fins puis y posa ses lèvres vermeilles et belles comme le fruit du désir. A ce moment-là, les voiles de la princesse tombèrent d'un seul coup et elle parut nue aux yeux du sultan qui, sous la caresse des lèvres et des mains, gémissait déjà de plaisir. Madoura prit alors la tête de la gazelle dans sa bouche et de ses lèvres en caressa les joues tandis que le bout de sa langue en caressait la bouche jusqu'à ce que, frémissante, elle lui abandonnât sa liqueur de jouvence. A son tour, Calessas promena ses doigts fins et habiles aux caresses sur tous les contours de la perle et constata que cela lui mettait une fois de plus le feu au corps et imprimait à sa branche de corail des mouvements plus ou moins désordonnés, au gré des lieux que sa fantaisie l'amenait à caresser. Et il arriva qu'il éprouva violemment le désir de laisser libre cours à cet instinct de sa nature et qu'il s'écria :

– Ha houïah! tout n'arrive que par la volonté d'Allah!

Et il se disposa à cueillir le fruit mûr à l'arbre de la beauté. Il se glissa tout contre la princesse et l'entoura de ses deux bras. Il appliqua ses cuisses contre les siennes et usa de son épée comme le meilleur des guerriers jusqu'à ce que la douce chaleur du sang qui s'épanchait et les gémissements de volupté et de douleur de Madoura lui eussent indiqué que le sacrifice était accompli. Alors il promena dans le champ de lys de la jeune fille le troupeau de ses baisers. Et elle, au sommet de la volupté, heureuse éperdument, lui murmurait à l'oreille :

– Vois comme je suis douce et gentille. Voici les narcisses de mes seins et le jardin fleuri de mon ventre si tendre. Voici mon nombril qui aime la caresse fine des doigts, de la langue et des lèvres. Voilà ma forêt vierge où le tranchant de ton épée s'est frayé un chemin. Viens et réjouis-toi jusqu'à la fin des temps! Tu goûteras chacun des fruits qui sont en moi. La nuit sera trop courte pour nos ébats mais toute la nuit nous nous aimerons!

Les deux jeunes époux s'apprêtaient à se livrer à d'autres assauts jusqu'au matin, lorsque soudain le petit bossu qui avait apporté à Calessas la Pierre de Vérité se glissa entre les tentures, se présenta devant le sultan et lui lança :

– Ô Sultan, il est temps que tu tiennes la promesse que tu me fis d'exaucer mon souhait le plus cher en récompense de la conquête du joyau que tu désirais!

Le sultan, surpris de l'effronterie du nain, lui répondit :

– Tu es bien hardi de me venir importuner dans ce moment, mais je te dois mon bonheur et, malgré le déplaisir que j'ai de ta visite, je n'oublierai jamais que je te suis redevable de ma joie présente. Je te reconnais donc aujourd'hui même comme mon fils, et comme tel, héritier de mes biens et de mon royaume. Quant à ton vœu, je te prie de l'exprimer devant moi, et s'il est en mon pouvoir de l'exaucer, je le ferai à l'instant.

A la stupéfaction du sultan, le vilain bossu s'écria :

– Apprends ô Sultan, que je me moque d'être ou de n'être pas ton fils, que je me moque de ton royaume et que je n'ai entrepris la conquête de la pierre magique qu'afin de coucher moi-même dans le lit de la princesse Madoura, fille du Roi des Mers.

A ce discours effronté, le sultan se mit dans une colère terrible et, ayant appelé ses esclaves, il leur ordonna de châtier ce coquin et de le chasser du royaume. Mais en agissant ainsi, il avait oublié la recommandation du sage vieillard et du talisman lui-même, de ne mentir point et de respecter ses serments dès qu'il aurait la pierre en sa possession.

Aussi Calessas vit-il avec stupeur Madoura la belle se changer en gazelle blanche et s'échapper de la chambre nuptiale, fuyant, victime d'un horrible enchantement. Quant au bossu, il s'arracha des mains des esclaves qui l'avaient empoigné, enfourcha son croissant magique pour la seconde fois et s'élança à la poursuite de la gazelle blanche, non sans avoir au passage éborgné le sultan de la pointe du croissant. L'instant d'après éclatait un bruit de mille tonnerres : le palais du sultan et toutes les maisons de la ville s'effondraient dans un vacarme d'enfer...

– Depuis ce jour, conclut la vieille à l'intention de Fleur d'Amour qui l'écoutait attentivement, ce royaume est dans l'état où tu le vois présentement, sujet à la malédiction et à l'opprobre. Les habitants de ce pays, rescapés du désastre, ont écouté les nuages et les sorciers adorateurs du feu et des sept calices, idoles du malheur.

« En souvenir du génie bossu, ils envoient chaque étranger abordant nos rivages vers cette montagne maudite, afin qu'il leur en jette l'or et les diamants au bas de la paroi.

Son récit achevé, la vieille se retira et Fleur d'Amour s'endormit bientôt d'un sommeil plein de songes.

Mais quand le matin fut venu, Aner vint le tirer de sa couche et l'emmena avec lui jusqu'à une prairie où paissait un troupeau de moutons. Là, il abattit un grand bélier noir et le vida de ses entrailles.

Le jeune homme avait compris qu'on allait l'envoyer sur les traces du nain mais qu'il n'aurait pas la ressource de revenir de ces hauteurs sur un croissant magique.

Ce fut donc d'une oreille assez distraite qu'il écouta le long discours d'Aner et ses instructions. Il n'en retint que ce détail :

– Ton supplice ne durera que trois jours de suite. La seule façon que tu auras de te protéger des vautours sera de leur jeter les pépites d'or et les diamants qui jonchent le sol au sommet de la montagne. Au soir du troisième jour, tu seras libre d'user de n'importe quel moyen pour redescendre dans la plaine, car trois jours durant les vautours te laisseront en paix.

Sur ces paroles, Aner remit un couteau au jeune prince, lui donna un paquet de victuailles et l'attacha dans la peau de l'animal.

Il ne s'écoula que fort peu de temps avant qu'un grand vautour ne fondît sur la dépouille fraîche du bélier et ne l'emportât vers le ciel. Mais quand l'oiseau fut sur le point de se poser, Fleur d'Amour trancha les liens qui le maintenaient ligoté et se laissa choir sur le sol.

Il était sur un étroit plateau rocheux où des milliers de diamants et d'énormes pépites d'or scintillaient de tous leurs feux.

Fleur d'Amour, las et triste, voulut d'abord s'asseoir afin de prendre quelque repos, mais aussitôt d'énormes oiseaux fondirent sur lui, et comme son couteau ne lui était contre eux d'aucune utilité, il dut leur jeter des pierres sans relâche. Les vautours ne lui laissaient point de répit. A peine l'un d'eux venait-il de disparaître, atteint par l'un des projectiles, qu'un autre fonçait à nouveau sur lui. Aussi dut-il se défendre de la sorte jusqu'au soir.

Le plateau, autour du jeune prince, était jonché d'ossements humains blanchis par le soleil et les intempéries. Malgré l'espérance qu'il avait à son âme rivée, Fleur d'Amour commençait à douter sérieusement de se tirer de ce mauvais pas.

Au soir enfin, il put goûter à quelque repos, mais dès le lever du jour, à peine fut-il éveillé, la lutte recommença. Il en fut ainsi trois jours durant. Au soir de la troisième journée, à l'heure où le soleil allait disparaître, le jeune homme découvrit à ses pieds, à l'endroit où reposait la dernière pierre qu'il s'apprêtait à jeter à ses assaillants, un escalier taillé à même la roche d'or et qui s'enfonçait dans le sol.

Fleur d'Amour s'y engagea immédiatement, évitant de justesse un des vautours qui s'acharnait sur lui, et il s'aperçut avec étonnement qu'au bas des marches, un long couloir baigné d'une lumière irréelle s'ouvrait droit devant lui. Les parois étaient de diamant et leurs feux étaient si agréables que le jeune homme en oublia aussitôt toutes ses peines. Le souterrain s'élargissait progressivement et bientôt un grand vent tiède et parfumé se mit à souffler dans le sens de sa marche, et ce vent grandissait à mesure qu'il avançait, jusqu'à devenir ouragan, pour enfin l'emporter dans un tourbillon où il perdit connaissance.

BIENHEUREUSE

Fleur d'Amour ne sut combien d'heures ou de jours son voyage avait duré, mais lorsqu'il retrouva ses esprits, il se vit couché dans une prairie odorante, à l'ombre d'un arbre au feuillage d'émeraude. Le soleil était à son zénith et la lumière qui baignait le paysage était d'une pureté extraordinaire. Non loin de là, il perçut avec joie le murmure d'un ruisseau qui serpentait entre les herbes.

Le jeune homme crut rêver, mais ce rêve était si doux qu'il s'y abandonna tout entier. Une musique caressante le berçait et il eut beau écarquiller les yeux, il n'en découvrit pas la source. Fleur d'Amour se leva de sa couche, rajusta son vêtement, lissa ses cheveux d'or et se rafraîchit le visage à l'eau du ruisseau. Puis, d'un pas léger, il partit à l'aventure, à la recherche des musiciens.

Il marchait en rêvant à la fin de ses peines. Tout autour de lui la nature souriait. Les hautes herbes se prosternaient à ses pieds, les arbres chargés de fruits d'or et de rubis s'inclinaient à son passage tandis que, çà et là, des gazelles bondissaient et des oiseaux multicolores sillonnaient le ciel en un bruissement doux.

Or, il se trouvait que notre jeune prince était précisément en train de parcourir le jardin du sultan Azoar, qui régnait au-delà des mers sur le peuple des djinns et des efrits. Azoar, qui avait de son épouse Épimélépha la blonde et de ses concubines sept filles à la taille plus fine que les rayons des étoiles, leur avait bâti dans ce parc le palais le plus somptueux des terres du Levant. Loin des influences corruptrices des villes et de la cour, les sept princesses grandissaient là, belles et heureuses. Servies par cinquante efrits aux ailes rapides, les filles d'Azoar vivaient dans une joie perpétuelle et n'avaient encore jamais vu d'autre homme que leur père. Mais leur imagination alimentée par les contes merveilleux que ne cessaient de réciter leurs esclaves et la description des plaisirs dont celles-ci se plaisaient à orner ces récits avaient fait naître déjà dans leurs cœurs d'adolescentes le désir de l'amour.

Et il était écrit que ce jour-là, Bienheureuse, la plus jeune des princesses, et ses sœurs rencontreraient le plus beau jouvenceau que la terre eût porté et que toutes sept allaient en être aimées.

En effet, tôt le matin, les sept princesses étaient allées se promener dans le parc accompagnées de trois de leurs musiciennes qui agrémentaient leur promenade et leurs jeux du charme de leurs voix et de leurs instruments. Bienheureuse et Naziad s'étaient étendues dans l'herbe après qu'elles se furent baignées dans l'eau fraîche du ruisseau. Nues dans leur beauté virginale, elles demandaient au soleil de dorer leur corps et de le sécher tandis que leurs sœurs s'égayaient un peu plus loin.

Fleur d'Amour les aperçut toutes deux au détour du chemin et dans l'instant son arc se tendit sous son habit et sa flèche sortit de son carquois. Le rose du plaisir monta à ses joues et son regard ne put s'arracher au charmant spectacle qui l'occupait. Le prince hésita un instant, ne sachant s'il devait s'avancer ou se cacher, car sa jeune ardeur se demandait comment il saurait témoigner d'elle à ces deux beautés à la fois, lorsque son génie lui rappela cette histoire d'Haroun Al-Rachid, qu'un de ses maîtres lui avait racontée autrefois...

HISTOIRE D'HAROUN AL-RACHID

On raconte qu'un jour Haroun Al-Rachid se promenait seul dans l'un de ses jardins et qu'il y trouva deux esclaves également belles et bien faites qui dormaient nues couchées dans l'herbe tendre. Le sultan se coucha entre les deux adolescentes et les ayant regardées toutes deux les trouva parfaites également. Les deux jeunes filles se réveillèrent et se montrèrent fort surprises de voir le sultan auprès d'elles. Quand elles lui eurent raconté chacune son histoire (Haroun Al-Rachid adorait que ses sujets lui racontassent leur vie), il ne voulut point témoigner de sa préférence à l'une plutôt qu'à l'autre tant il les trouvait égales en sagesse et en beauté. Le prix de son plaisir devait pourtant revenir à celle qui le mériterait le mieux...

L'esclave de Médine commença par lui prendre les mains et les caressa gentiment, tandis que l'autre, de Koufa, couchée en contrebas, lui caressait les jambes et en profitait pour glisser sa main vers la gazelle qui sommeillait auprès de ses petits. Sous l'influence de ces caresses, la gazelle s'éveilla brusquement et grandit démesurément. L'esclave de Koufa s'en empara et la cacha dans les paumes de ses mains. Mais l'esclave de Médine lui dit :

– Holà! tu voudrais donc garder le capital pour toi seule sans même en partager les intérêts avec moi!

Et d'un geste rapide, elle prit à sa compagne la gazelle et la serra à son tour dans ses deux mains. Sur quoi l'esclave frustrée, fort versée dans la connaissance du Koran, rétorqua aussitôt à l'esclave de Médine :

– Sache que c'est moi qui ai droit à la gazelle, en vertu de ces paroles du Prophète (sur lui la prière et la paix!) : « Celui qui fait revivre une terre abandonnée en devient le seul propriétaire. »

Mais l'esclave de Médine, qui n'était pas moins versée dans la Sunna que sa compagne de Koufa, lui répondit :

– Non! Car la gazelle m'appartient en vertu de

ces paroles du Prophète (sur lui la prière et la paix!) : « Le gibier appartient non pas à celui qui le lève, mais à celui qui le prend. »

Et en disant ces mots, l'esclave de Médine ne lâchait pas sa proie mais la serrait d'autant mieux...

Lorsque Haroun Al-Rachid eut entendu ces paroles, il les trouva si justes qu'il satisfit également les deux adolescentes ce jour-là!

Le souvenir de cette aventure du Commandeur des Croyants, célèbre par ses galanteries et la magnificence de son règne, incita Fleur d'Amour à faire comme lui et, sûr de son charme et de son attrait, il s'avança vers les jeunes filles. Le sommeil de Bienheureuse et de Naziad était léger et le prince eut à peine le temps de se dévêtir et de se coucher à leur côté, qu'elles s'éveillèrent et se montrèrent fort surprises mais nullement troublées de trouver un visiteur auprès d'elles. Elles le voyaient si beau et tellement pareil aux rêves les plus délicats de leur imagination qu'elles prirent Fleur d'Amour pour un jeune dieu égaré dans leur jardin. Elles lui offrirent des fruits et des gâteaux qui reposaient sur des plateaux d'or et d'argent à portée de leurs mains et burent avec lui des sirops et des liqueurs si douces et si enivrantes que leurs sens à tous trois s'enflammèrent bientôt au point que les princesses, qui pourtant ne connaissaient rien encore de l'amour, se montrèrent dociles et expertes aux caresses du jouvenceau.

Par trois fois l'épée de volupté du jeune homme pénétra leur chair virginale et ensanglanta le parvis de leur temple, et par trois fois Bienheureuse et Naziad connurent l'amère volupté des premières jouissances.

Mais aux cris de plaisir des deux jeunes filles, leurs sœurs ne tardèrent pas à accourir et assistèrent avec émoi à leurs joyeux ébats. Et comme Fleur d'Amour venait de rengainer son épée pour la sixième fois, les jouvencelles qui venaient d'arriver se précipitèrent sur lui pour le couvrir de caresses et de baisers à l'égal de leurs sœurs, et ne le lâchèrent point que chacune n'en eût reçu sa part.

Les sept sceaux brisés et le sacrifice consommé, Fleur d'Amour, épuisé, s'endormit profondément, un sourire errant sur ses lèvres comme un papillon, fier d'avoir surpassé Haroun Al-Rachid sur son propre terrain.

Voyant leur compagnon endormi, les sept princesses le portèrent en leur palais où elles le couchèrent sur un sofa confortable et moelleux. Le palais des filles du sultan était d'une telle beauté et d'une telle richesse que le prince le plus raffiné et le plus délicat n'y eût pu trouver quelque chose à reprendre. C'était un palais de marbre blanc, aux façades élancées, agrémentées de vastes portiques finement décorés d'arabesques taillées dans des bois précieux sertis d'or. Ces portiques ouvraient sur une immense cour intérieure où sept bassins d'eaux aux vertus différentes sommeillaient, séparés par des plates-bandes de gazons délicats d'où jaillissaient des bouquets de fleurs étranges. Çà et là, au pied des colonnades, quelque palmier d'apparat étendait ses vastes feuilles harmonieusement déployées. Devant le palais, de grands jardins de fleurs caressaient le regard et des jets d'eau irisaient l'air cristallin de leur poussière d'argent. Dans des pièces d'eau mollement allongées entre les plantes, des poissons d'or et de rubis, des poissons aux formes de papillons et d'oiseaux, étranges et fascinants, jouaient entre les tiges des nénuphars géants tandis que dans le fond coraux et pierres précieuses luisaient mystérieusement. Un peu plus loin, une petite forêt d'arbres au feuillage brillant et des milliers d'oiseaux chanteurs qui voletaient de rameau à rameau mêlaient leurs chants et leurs caresses amoureuses.

Les sept princesses s'étaient assises autour de Fleur d'Amour et guettaient son réveil. Bienheureuse, la plus jeune, était la plus assidue au chevet du jeune homme et son cœur semblait éprouver déjà la passion la plus vive. Quand le prince ouvrit les yeux et qu'il vit les sept jeunes filles près de lui, un beau sourire fleurit sur son visage.

Au nom de ses sœurs, Bienheureuse lui demanda qu'il leur fît le récit de son aventure et leur dît comment il était venu jusqu'à elles. Fleur d'Amour leur conta son histoire de bonne grâce tout en dévorant des yeux les visages admirables des sept princesses sans qu'il sût à laquelle il pourrait accorder sa préférence.

Quand il eut achevé son récit, Bienheureuse le prit par la main et le conduisit à la chambre la plus belle et la plus vaste où, aidée de ses sœurs, elle le dévêtit et le mena au hammam du palais où Fleur d'Amour fut lavé à l'eau tiède et parfumée. Puis chacune des princesses prit une serviette de laine douce et frotta l'une des parties de son corps qu'elles oignirent et parfumèrent discrètement. Lorsqu'elles eurent achevé la toilette du prince, elles l'embrassèrent avec tant de grâce et de naturel qu'elles paraissaient accoutumées à le faire. Chacune de leurs lèvres de corail baisa la bouche du jouvenceau, son cou d'albâtre, sa poitrine finement duvetée, son nombril frais et nacré comme un coquillage et son zeb altier et solide comme un fer de lance. La découverte de cet organe si nouveau pour elles aiguisa leur curiosité naturelle, et toutes sept ne se lassèrent point de le caresser, de le baiser, de l'admirer.

Fleur d'Amour, revêtu d'un habit princier au col garni de fourrure blanche, aux revers brodés d'or et d'argent et ornés de pierreries, suivit ses compagnes en une autre salle où une collation abondante et délicate les attendait.

Le repas fut joyeux, et le ton des propos devint bientôt galant, de courtois qu'il était. Des esclaves musiciennes et danseuses charmèrent les convives de leur art, et Fleur d'Amour se sentit subitement l'âme si exaltée par les liqueurs généreuses et par les sept étoiles de beauté qui lui souriaient que, se tournant vers Bienheureuse, le regard inspiré, une coupe d'un vin doré à la main, il se mit à chanter ce poème qui, rien qu'à la regarder, venait d'éclore en lui :

Le Verger des caresses

Ô toi dont les joues sont pareilles
aux roses sauvages et moulées à l'égal
des idoles de l'Inde,
ô belle aux yeux de jais, aux formes de houri,
quitte ta langueur et tes attendrissements,
lève-toi, saisis ta coupe et y laisse rire ce vin
couleur de tulipe nouvelle!

Car, belle, apprends qu'il est des heures
pour la sagesse et d'autres pour la folie.
Aujourd'hui, verse-moi de ce vin car je n'aime
le sang puisé à la gorge des jarres
que s'il est aussi pur que celui de ton cœur!

Ne me dis pas que cette liqueur est perfide.
Qu'importe l'ivresse à celui qui naquit ivre!
Qu'importe la beauté à celle qui naquit belle!
A l'élan de tes cheveux indomptés et sauvages,
pareils sont mes désirs!

Ne me dis pas que le vin est funeste aux poètes,
car tant que la robe du ciel sera bleue
et verte la robe de la terre,
je veux boire à en mourir
afin que les jeunes gens et les jeunes filles
qui viendront visiter mon tombeau

puissent y respirer mes cendres
et que cette odeur seule les rendît déjà ivres!

Quand la voix de Fleur d'Amour se fut tue, Bienheureuse saisit un luth à son tour et chanta d'une voix si belle que les danseuses cessèrent leurs danses pour l'écouter :

Ô jouvenceau, beau comme un lever de lune,
visage pareil à la rose qui illumine le monde,
laisse mon cœur soupirer et mon âme
s'épancher vers toi, ô sultan de Beauté!

Vois, mon cœur bat que l'amour exalte éperdument,
je comprime ses élans, je retiens son tumulte,
mais en vain. Vois mes seins s'affermir
sous la soie et mes hanches s'offrir
à toi seul, ô sultan de Beauté!

Hier j'étais libre encore, l'âme sans émoi,
heureuse : je ne savais point l'amour!
Mais tu es venu et d'un seul de tes regards
tu as incendié mon corps
livré à toi seul, ô sultan de Beauté!

Qu'Allah garde de tout mal ton visage de pleine lune
et ta taille de roseau et ton regard de gazelle

et ta beauté que respecte le soleil
et qu'honorent les étoiles!
Ô Fleur de mon désir, ô sultan de beauté!

Ce chant émut profondément le jeune prince et des larmes de bonheur perlèrent à ses paupières. Il se pencha vers Bienheureuse et la tint longuement embrassée. Les sept jeunes filles entouraient Fleur d'Amour et comme la nuit était venue, la lune caressa leurs visages et emplit leurs cœurs de félicité.

L'ivresse du vin et le désir des sens jetèrent bientôt leur voile sur la raison des jeunes gens et ensemble le prince et les princesses cueillirent le fruit vermeil de la volupté.

Leurs jeux et leurs ébats durèrent toute la nuit et leurs caresses ne tarirent pas avant que le jour parût. Alors seulement le sommeil appesantit leurs paupières et Fleur d'Amour s'endormit enlacé par ses sept compagnes.

LE JARDIN DES ENCHANTEMENTS

Les jours de joie succédaient aux nuits heureuses : le bonheur de Fleur d'Amour et des sept princesses ne se troublait d'aucun nuage. Chaque soir le prince et ses compagnes cueillaient à l'arbre de l'amour les fruits de délices que le destin leur offrait, sans qu'ils songeassent ni à leur passé ni à l'incertitude de l'avenir. Fleur d'Amour enseignait à ses amies l'art des caresses et jamais maître n'eut d'élèves plus dociles et plus aimantes. Aucune des sept jeunes filles ne jalousait l'autre, car chacune aimait Fleur d'Amour d'une passion égale et le jeune homme témoignait à chacune la même ferveur.

Mais toute joie ici-bas n'est que passagère et la source de tout bonheur tarit un jour. L'heure de la séparation était marquée déjà sur la roue du destin, car les sept princesses retournaient chaque année pour quarante jours au royaume de leur père le sultan Azoar, et ce fut avec une tristesse profonde qu'elles se souvinrent de cette obligation et en firent part à leur compagnon bien-aimé. La douleur que la séparation imminente causait à chacun assombrit les dernières journées qu'ils passèrent ensemble et le dernier soir venu, les larmes se mêlèrent à leurs soupirs d'amour. Les sept princesses avaient accueilli le jeune homme comme un frère et le chérissaient comme un amant.

Au matin de leur départ, les derniers instants furent amers. Mais Bienheureuse dit à leur ami de ne point trop se lamenter :

– Nous partons pour quarante jours et quelque douleur que nous ayons à nous séparer aussi longtemps, songeons à la douceur que nous aurons à nous revoir et aux longues années de félicité que nous avons devant nous. Nous parlerons de toi à notre père et obtiendrons de lui qu'il t'accepte comme fils; ainsi jamais nous ne nous séparerons. N'oublie pas, Fleur d'Amour, Fleur de mon désir, que les mêmes efrits qui nous arrachent à tes embrassements aujourd'hui nous ramèneront auprès de toi dans quarante jours!

La princesse lui remit un coffret d'ivoire contenant les clefs de toutes les portes du palais et celles de tous les jardins :

– Je laisse tout à ta garde et à ta jouissance. Pour te divertir de notre absence, tu pourras chaque jour te réjouir des merveilles des quarante jardins qui entourent le palais, et les plus belles danseuses égaieront tes moments de tristesse. Mais prends garde de ne point franchir la porte du bassin magique car tu ne saurais en notre absence échapper à ses maléfices et risquerais de nous perdre pour toujours.

Sur ces paroles, Bienheureuse et ses sœurs embrassèrent Fleur d'Amour avec effusion et, s'étant envolées vers le ciel sur les ailes rapides de leurs efrits, elles disparurent dans les airs.

Dix jours passèrent, mornes, sans que le jeune homme songeât à se divertir. Il languissait, privé des caresses et de l'amour de ses charmantes princesses. Un soir pourtant, il se laissa tenter par le beau clair de lune qui se glissait dans sa chambre, et s'en fut sur la grande terrasse du palais d'où son regard pouvait se griser des mille jeux des rayons laiteux sur l'eau des bassins. Des myriades d'oiseaux chantaient des complaintes si douces qu'il en eut le cœur serré. Les roses des parterres imprégnaient l'air d'effluves de miel.

Les esclaves du palais, qui voyaient le prince sortir de sa chambre pour la première fois depuis que les princesses l'avaient quitté, chantèrent et dansèrent pour le divertir. Les cordes des harpes et les sistres vibraient sous les doigts agiles des belles musiciennes et Medjnoun, première danseuse du palais, entraîna ses compagnes dans une danse voluptueuse capable d'enflammer l'homme le plus insensible. Medjnoun, qui possédait le teint hâlé des Égyptiennes, le corps onduleux et souple des filles de l'Inde, la taille fine des Arméniennes, captiva le jeune homme par sa grâce et la beauté de ses mouvements. Mais quand elle eut rejeté ses voiles et qu'elle apparut nue aux rayons de la lune, ses seins fermes dressés vers la nuit, ses hanches ondulant comme un champ de blé sous le vent, ses yeux noirs jetant des flammes, Fleur d'Amour, les sens embrasés, oublia toute tristesse et s'élança dans le cercle des danseuses et enlaça Medjnoun.

Les danses devinrent de plus en plus lascives, mimant les caresses de l'amour. En de lents mouvements d'une ardeur contenue, brûlants comme des baisers de feu, les mains, les bras des danseuses et leurs jambes dessinaient la possession et l'étreinte sur l'azur sombre de la nuit.

La lune glissait épanouie et silencieuse sur sa

mer d'ombres et allait atteindre l'horizon quand Fleur d'Amour rejeta ses vêtements à son tour et étreignit Medjnoun. Les danseuses fermèrent le cercle autour d'eux et par de savantes caresses amenèrent le jeune homme au sommet de la volupté : ainsi, sur les coussins et les tapis de haute laine qui couvraient le sol, le prince oublia ses tourments et sa solitude. Les soupirs d'amour chantèrent jusqu'à l'aube mais le soleil à son lever les trouva endormis. Il les caressa de ses rayons d'or et les éveilla afin que chacun glorifiât Allah des félicités qu'Il lui avait accordées.

Medjnoun et ses compagnes avaient découvert à Fleur d'Amour maint plaisir nouveau et le jeune homme en demeura surpris. Mais l'esclave n'écoutait pas que son plaisir et voulait s'attacher le prince pour mortifier les princesses qu'elle jalousait. Voilà pourquoi, le soir venu, elle posa à Fleur d'Amour cette question perfide :

– Ô prince, prunelle de mes yeux, corolle de mon désir, dis-moi, les princesses tes compagnes t'ont-elle laissé libre en leur palais et n'ont-elles pas mis quelque restriction à tes désirs?

– Comment peux-tu croire qu'il en aille autrement? lui répondit le jeune homme. Sache que Bienheureuse m'a remis les clefs qui ouvrent toutes les portes de ce palais afin de me laisser libre de goûter à tous les plaisirs que ce séjour est capable de m'offrir.

– Mais, mon prince adoré, lui glissa Medjnoun la perfide en caressant le jeune homme de ses mains expertes, ne connais-tu pas le Jardin enchanté que nul au monde n'a encore visité et qui donnera à celui qui le premier le parcourra le bonheur le plus parfait?

A ces mots, Fleur d'Amour se souvint des dernières paroles de Bienheureuse à ce sujet et précisa :

– Je connais en effet l'existence de ce jardin, mais je n'ai certes pas envie d'ignorer l'avis de Bienheureuse qui me mit en garde contre les sortilèges de ce lieu.

Mais Medjnoun à ces mots s'écria :

– Mon pauvre enfant, qui te laisses guider par les paroles d'une femme! Ne vois-tu pas que les princesses ne t'ont interdit l'accès de ce jardin qu'afin de t'empêcher de goûter un bonheur plus grand que celui de leur présence, car si ta curiosité venait à t'y laisser conduire, tu oublierais leurs caresses rien qu'à évoquer tous les enchantements que tu y pourrais connaître sans elles!

Par ces mots Medjnoun avait réussi déjà à glisser dans le cœur du jeune homme le doute et l'envie de découvrir une chose dont on lui disait tant de bien. La belle esclave abandonna sa bouche à celle de Fleur d'Amour et son corps à son étreinte, lui prodiguant mille petites caresses capables de brûler une statue de marbre, et lui chuchota à l'oreille :

– Ô Fleur de mon désir, liqueur de mon âme, ne veux-tu point que nous puisions ensemble l'ivresse à la source de toute volupté? Ne veux-tu pas que nous arrachions au destin le bonheur le plus profond et la joie la plus parfaite?

Et à l'instant où l'arbre de jouvence du prince, planté dans la caverne accueillante de l'esclave, allait abandonner sa semence, elle l'entraîna vers la porte du jardin enchanté. Là, elle embrassa sa branche de corail ardente et lui demanda la clef de la porte.

Fleur d'Amour, le corps enflammé, voulant accomplir au plus vite ce qu'il avait si bien commencé, prit la clef dans le coffret et la tendit à Medjnoun. Elle ouvrit la porte aussitôt et les deux jeunes gens, émerveillés par toutes les somptuosités et les mystères qui les accueillaient, s'avancèrent vers le petit pavillon qui se dressait au milieu du jardin, pour y achever l'œuvre qu'ils avaient entreprise sur la terrasse.

Leurs assauts durèrent longtemps et leur plaisir semblait ne pas avoir de fin. Lorsque Fleur d'Amour eut succombé au sommeil, Medjnoun s'en fut légère et eut le soin de ne pas quitter le jardin sans en avoir bien refermé la porte.

Au matin, le jeune homme s'éveilla fort tard et fut frappé de l'étrange lumière qui éclairait toutes choses autour de lui. Il ne parvenait pas à se souvenir des circonstances qui l'avaient conduit en un tel lieu, et se crut le jouet d'un beau rêve.

L'air était léger, d'une pureté si grande que chaque objet en apparaissait comme diaphane, presque sans consistance. Le jeune prince ne se lassait point d'admirer le pavillon qui l'abritait, ses colonnes d'ivoire sculpté, la ligne hardie des voûtes et la somptuosité des arabesques qui répondait secrètement au dessin complexe des fers forgés. Il s'étonnait de se trouver couché sur un lit de marbre rose orné des plus fines soieries et de n'avoir point mémoire de les avoir déjà remarqués auparavant.

Le jardin qui entourait le pavillon était plus merveilleux encore; des arbres aux formes étranges, qui n'étaient pas sans évoquer des silhouettes d'animaux, poussaient çà et là, étendant leur feuillage de soie, de plumes ou de pierres précieuses aux couleurs éblouissantes. Mais ce qui l'étonna plus que tout, ce fut d'entendre ces arbres se parler, se chuchoter des paroles dans un langage qui lui restait inintelligible. Il aperçut enfin des oiseaux porteurs de bagues vermeilles, dont la voix pure et mélodieuse s'harmonisait parfaitement à la couleur de leur plumage et à la beauté de leurs formes, tant et si bien qu'on les eût dits créés tout exprès par quelque artiste du meilleur goût.

Fleur d'Amour, quittant sa couche et le pavillon qui l'abritait, fit quelques pas dans leur direction sur la pelouse, et quelle ne fut pas sa stupéfaction de leur entendre une voix humaine! Tout près d'eux, il pouvait même comprendre leurs paroles, et c'est ainsi qu'il se rendit compte qu'ils parlaient de lui...

– Quel dommage, disait l'un, que ce beau jeune homme se soit aventuré aussi imprudemment dans ce jardin; avec un tel visage, n'eût-il pas été plus heureux parmi les hommes, au lieu de servir de jouet à un mauvais enchanteur?

– Vois, disait un autre, quels yeux et quel regard! Oncques n'en vis de pareils. Maudit celui qui l'a conduit en ce lieu! Quel malheur que nous ne puissions rien pour lui!

Mais soudain l'attention du jeune homme fut attirée par un bruissement léger. Il eut juste le temps d'apercevoir trois colombes blanches, aussi grandes que des aigles, qui s'approchaient à longs coups d'ailes d'un bassin de cristal qu'il n'avait pas encore remarqué. Il vit que l'eau qui jaillissait en son milieu était d'or et qu'elle retombait en poussière si fine que toutes les plantes qui croissaient à l'entour en étaient recouvertes. Mais son étonnement ne connut plus de limites lorsque les trois colombes, qui venaient de se poser sur le bord du bassin, se dévêtirent de leurs plumes et qu'apparurent trois jeunes filles d'une beauté si remarquable que son cœur en sa poitrine cessa de battre. Fleur d'Amour s'approcha du bassin pour les contempler de plus près. Les trois inconnues plongèrent dans l'eau, nues, et nagèrent avec tant de grâce et d'abandon que nul homme n'eût su résister à l'envie de s'élancer vers elles et de les caresser.

Caché par un bouquet de joncs, le jeune homme sentit sa gazelle s'agiter sous sa gandoura et le poison perfide de l'amour se glisser dans son cœur.

Les trois jeunes filles sortirent de l'eau à

quelques pas de lui et s'étendirent au soleil sur la pelouse parfumée. Toute raison abandonna le prince, car la plus jeune des baigneuses surtout l'avait ravi. Fleur d'amour s'avança vers elle et, soudain inspiré, lui dédia ces strophes pleines de douceur :

Ô Belle, soupir d'un rêve d'étoile
que caresse la lune de la montagne bleue,
vois, mon cœur et ma gazelle
n'ont plus ni raison ni repos!

Laisse-moi te chanter à l'égal des sultanes,
car jaloux de ta grâce le soleil
s'est voilé de sombres nuages
quand ses rayons ont enflammé l'or de tes cheveux.

Ô Belle , la beauté a-t-elle secoué sur ton visage
toutes les fleurs de ses plus beaux bouquets,
et la nature a-t-elle semé sur ta personne
les perles les plus rares de ses coffrets?

Tes yeux sont sortilèges de diamant
et tes joues rendent les anémones jalouses.
Ta croupe est si mouvante qu'à sa vue
les rossignols aussitôt se mettent à chanter!

Le Verger des caresses

Tes deux seins sont les deux faons jumeaux
D'une blanche gazelle aux yeux tristes
Ton cou est plus fragile que la gorge des colombes
et ta taille plus souple que la tige du bambou!

Haï! si je pouvais chanter sans retenue la tendre forêt
qui dore la frise de tes jambes, et oser dévoiler
les secrètes cavernes où, sur un lit de mousse,
voudrait s'ébattre ma gazelle!

Et soudain Fleur d'Amour, sans qu'il fût le moins du monde maître de ses actions, s'élança vers la jeune fille afin de la prendre dans ses bras et de planter sa flèche dans la cible de son désir.

Mais les trois jeunes filles surprises poussèrent de grands cris, s'élancèrent vers leurs vêtements de plumes qu'elles revêtirent en toute hâte et eurent tôt fait de s'envoler dans les airs. Le ciel se couvrit de sombres nuées et le tonnerre gronda avec fureur.

Aussitôt un grand efrit noir, plus effrayant que les monstres des royaumes souterrains, fonça sur le jeune homme et le roua de coups. Puis, prononçant sur son corps effondré quelques paroles magiques, il le changea en un arbre dont la forme évoquait un jeune lion à la crinière hérissée.

LA PRINCESSE OUDAOULLAT

Après quarante jours d'absence, Bienheureuse et ses sœurs revinrent en leur palais et s'étonnèrent fort de n'être point accueillies par Fleur d'Amour. Elles s'enquirent de leur ami auprès de leurs esclaves mais comme toutes baissaient la tête sans répondre, il était certain que malheur lui était advenu. Bienheureuse sut aussitôt de quel malheur il s'agissait et sans demander d'autre explication à ses gens, elle se retira dans sa chambre pour pleurer tout à son aise. Mais pour une personne du rang de la princesse, l'abattement ne pouvait durer longtemps, et dans l'instant qui suivit son premier accès de douleur, elle songeait déjà au moyen de tirer Fleur d'Amour de son mauvais pas. Pour cela, elle se rendit à la bibliothèque du palais et y rechercha le Livre de

Sagesse qui traite de tous les exorcismes et des remèdes aux enchantements. Quand elle l'eut trouvé, elle s'empressa de l'ouvrir et de le feuilleter jusqu'à ce qu'elle y découvrît le chapitre concernant les sortilèges du Jardin enchanté. Elle lut ce qui s'y rapportait et se rendit compte qu'il n'était point en son pouvoir de porter secours elle-même à son ami. Elle referma le livre et frappa trois fois dans ses mains afin d'appeler l'un de ses efrits les plus diligents. Elle lui remit une de ses bagues et lui dit :

– Efrit, je sais que tu m'es attaché au point que je pourrais tout exiger de toi, fût-ce ta vie, sans craindre de refus. Je recours donc à tes services aujourd'hui pour une chose qui me tient fort à cœur. Je remets ma vie et mon bonheur entre tes mains et te demande de t'acquitter au plus vite de la tâche que je te confie. Va donc et dis à mon père que je le mande auprès de moi de toute urgence. Remets-lui cette bague et il te suivra sur l'heure.

L'efrit aux ailes rapides s'inclina, baisa le sol entre ses mains en signe de soumission et de respect et obéit à sa maîtresse en tout point. Bienheureuse retourna auprès de ses sœurs et s'affligea avec elles de la perte de leur ami. Comme la princesse l'avait prévu, son père s'en vint immédiatement, escorté de l'efrit qui l'était allé quérir. Elle l'accueillit le visage en pleurs et lui avoua aussitôt pour quelle raison elle l'avait prié de tout quitter pour venir vers elle.

Azoar écouta le récit de sa fille avec une grande attention et lorsqu'elle se fut tue, il lui demanda de ne point s'affliger davantage mais d'attendre en toute quiétude. Le sultan se fit conduire à la porte du Jardin enchanté, devant laquelle il prononça quelques paroles magiques et décrivit de son doigt des signes mystérieux, car il était fort versé dans toutes les sciences de magie et de sorcellerie. La porte du jardin s'ouvrit sans qu'il eût besoin de se servir de clef, et il la franchit à reculons en prenant soin de la refermer derrière lui. Il marcha droit au bassin de marbre, observa les arbres et les arbustes un à un, et sans hésiter une minute, s'avança vers celui qui recouvrait Fleur d'Amour. Il étendit sa main sur lui, en toucha le feuillage, murmura quelques paroles, et aussitôt l'arbre perdit ses feuilles, s'étiola et le jeune prince reprit sa forme première.

Azoar, roi des génies, le vit avec plaisir : il ne se lassait point de contempler la beauté parfaite de son visage et l'harmonie de ses traits.

Il pria le jeune homme de le suivre et, en sa compagnie, il quitta le jardin pour rejoindre les sept princesses qui, anxieuses, les attendaient. Elles leur firent fort bel accueil et leurs larmes séchèrent aussitôt sur leurs visages que de doux sourires épanouirent. Elles cajolèrent Fleur d'Amour avec une si grande effusion de tendresse qu'Azoar dut prendre soin qu'elles n'étouffassent pas leur protégé. Puis toute la compagnie se mit à table pour jouir d'un festin somptueux, auquel ne firent défaut ni les mets raffinés ni les vins les plus délicats.

Après le repas, le roi des génies fit ses adieux aux princesses et au jeune prince car les affaires de son royaume ne lui permettaient pas de demeurer davantage. Mais Bienheureuse se prosterna à ses pieds et lui dit :

– Ô sultan, mon père, tu as ramené parmi nous le prince que nous croyions perdu à jamais, permets-nous de le garder auprès de nous comme un frère, car depuis que nous nous connaissons, nous sommes devenus inséparables.

Azoar embrassa Fleur d'Amour et lui dit, devant ses filles, que de ce jour il le considérait comme son fils puisqu'elles le désiraient et qu'il avait déjà ouï mille louanges à son sujet. Enfin, après avoir embrassé ses enfants une dernière fois, il s'éleva dans les airs, emporté par un efrit aux ailes rapides.

Dès que leur père eut disparu, les sept princesses entourèrent Fleur d'Amour et lui firent mille caresses au risque de l'étouffer de leur joie. Elles l'entraînèrent sur les terrasses où de moelleux coussins et des tapis de haute laine accueillirent leurs épanchements. Les sept jeunes filles dégrafèrent leurs voiles, et leurs corps souples à l'égal des lianes des forêts sauvages et beaux comme ceux des célestes houris apparurent au jeune homme dans leur accueillante nudité.

Leurs soupirs d'amour chantèrent jusqu'à la nuit, et un à un, ils effeuillèrent les pétales du plaisir sans que nul d'entre eux y trouvât la moindre lassitude.

Mais Bienheureuse, qui aimait Fleur d'Amour plus profondément que ses sœurs, s'aperçut que les élans de son jeune amant n'étaient plus pareils à ceux d'autrefois. Un voile de tristesse flottait maintenant sur les yeux de son ami, ses paroles étaient plus retenues, sa voix plus sombre.

Bienheureuse s'en affligea mais garda pour elle-même ses impressions, refusant pour l'instant d'en faire part à ses compagnes.

Des jours et des semaines passèrent. Toutes les joies d'une vie insouciante furent goûtées tour à tour, mais le visage de Fleur d'Amour devenait chaque jour un peu plus mélancolique; l'appétit et le sommeil le quittaient peu à peu et son corps s'affaiblissait visiblement. Ce changement n'échappa point aux princesses mais la plénitude de leur propre bonheur voilait à leurs yeux la langueur de leur compagnon. Un jour que la tristesse du prince était par trop évidente, Bienheureuse le prit à part et lui demanda ce qui le tourmentait :

– Ô bien-aimé, prunelle de mes yeux et fleur de mon désir, apprends-moi ce qui te manque en notre compagnie et pourquoi ton cœur se gonfle de soupirs. Le bonheur semble déserter ta vie, dis-moi les raisons de ce changement et je ferai tout pour que la joie refleurisse dans tes yeux et dans ton âme!

Fleur d'Amour embrassa la jeune fille et se contenta de répondre :

– Ô ma sœur, que tes paroles me sont douces, mais que ton esprit ne s'alarme pas car je n'ai point de souci que tu ne sois en mesure d'apaiser et nul tourment que tu ne puisses consoler!

Bienheureuse sentait que la peine de son ami

était profonde mais elle n'osait insister davantage. Cependant le prince dépérissait de jour en jour, et sa langueur devint telle qu'un matin sa faiblesse l'obligea de s'aliter.

Bienheureuse, inquiète, s'enquit à nouveau :

– Ô prince bien-aimé, depuis notre retour un tourment secret alourdit ton cœur et préoccupe ton esprit. Dis-moi, je t'en prie, quel en est l'objet, car tu ne saurais me le cacher davantage sans m'affliger cruellement.

Épuisé par la douleur trop longtemps contenue, Fleur d'Amour entrouvrit son cœur à sa compagne et lui apprit la passion folle qu'il éprouvait pour la belle inconnue du Jardin enchanté. Il supplia la princesse de lui indiquer le moyen de retrouver celle qu'il aimait éperdument et sans laquelle il ne pouvait vivre désormais.

Chacune des paroles du jeune homme atteignit Bienheureuse comme un coup de couteau. Elle n'avait attribué jusqu'alors cette tristesse de Fleur d'Amour qu'au souvenir de son pays et à l'absence des siens, mais d'apprendre qu'il aimait une autre femme avec tant de fougue, voilà qui lui révélait brusquement combien elle l'aimait elle-même... et qui lui rendait l'aveu du prince d'autant plus cruel.

Elle n'en laissa rien paraître pourtant, mais décida de porter sa souffrance dans la solitude et le silence. Elle se résolut néanmoins à mander le sultan son père pour la seconde fois, et dès son arrivée lui apprit ce qu'elle savait de la passion de son jeune ami.

Azoar appela le prince auprès de lui et entendit de sa bouche le récit détaillé de son aventure. Le roi lui dit :

– Prince, mon fils, je ne vois d'autre fin à ta peine que d'attendre l'an prochain la venue des trois colombes blanches. Car elles reviennent à ce bassin chaque année, à date fixe. Tu guetteras leur venue et quand elles se seront dévêtues, tu saisiras le vêtement de plume de celle que tu aimes et le cacheras en lieu sûr. Comme cela la jeune fille ne pourra s'enfuir avec ses compagnes et tu la retiendras soumise à tes caresses. Mais afin d'éviter que tu ne tombes victime des enchantements que tu as eu à subir la première fois, prends cet anneau et veille à le porter à ton doigt quand tu franchiras à nouveau la porte du Jardin enchanté.

A ce discours, Fleur d'Amour ne connut plus de limite à sa joie. L'espérance de revoir celle qu'il aimait tant lui rendit aussitôt son entrain et sa gaîté. Bienheureuse et ses compagnes se réjouirent fort de l'heureuse métamorphose de leur ami. Quand elles eurent raccompagné leur père aux portes de leur palais, elles entourèrent le prince et le cajolèrent comme jamais elles ne l'avaient fait. Et il leur rendait leurs caresses et leurs baisers avec tant de chaleur qu'on eût dit que le jeune homme avait tout oublié de son aventure. Mais l'année suivante, le jour de leur départ pour le royaume d'Azoar, comme elles exprimaient le désir de l'emmener avec elles, Fleur d'Amour préféra attendre leur retour en leur palais et leur fit ses adieux très tendrement.

Sitôt que les sept princesses eurent disparu, il prit la clef du Jardin enchanté et s'y rendit, ayant eu soin de mettre à son doigt l'anneau magique que lui avait donné le sultan Azoar. Il se cacha près du bassin, dans ce même bouquet de joncs où il s'était dissimulé la première fois pour assister aux ébats des trois jeunes filles, et attendit leur venue avec impatience.

Le jeune homme n'y était point depuis longtemps lorsqu'il perçut un doux bruissement et qu'il vit les trois colombes éblouissantes frapper l'air de leurs ailes et se poser sur le gazon à quelques pas de lui.

Comme la première fois, elles se dévêtirent de leur habit de plumes qu'elles laissèrent sur l'herbe pour se baigner dans l'eau dorée du bassin.

Fleur d'Amour faillit crier de joie lorsqu'il aperçut la plus jeune des trois jeunes filles, mais fort des instructions d'Azoar, il profita de ce qu'elles eussent toutes trois le dos tourné pour s'emparer du vêtement de la benjamine qu'il emporta au palais où il le cacha avec soin. Puis, d'un pas léger, il s'en retourna vers le bassin et ne laissa point cette fois de se faire voir des jeunes filles qui s'y baignaient encore. A sa vue elles poussèrent de grands cris et se précipitèrent vers leurs habits qu'elles revêtirent en toute hâte. Mais la cadette ne trouvant pas le sien se lamentait à voix haute. Fort effrayées elles-mêmes, ses compagnes ne prêtèrent aucune attention à ses plaintes et s'enfuirent à tire d'aile.

Oudaoullat – tel était le nom de la jeune fille – pleurait à chaudes larmes près du bassin, et Fleur d'Amour en fut tout bouleversé. Il la voulut consoler et dans cette intention s'approcha d'elle pour lui parler; mais la jeune fille ne fit que le supplier, d'une voix entrecoupée de sanglots, de lui rendre le vêtement qu'il lui avait pris.

Le prince, ému, lui répondit :

– Ô, belle d'entre les plus belles, étoile de mes rêves, comment pourrais-je te rendre des objets que je ne t'ai point ravis? Je ne sais de quel vêtement tu me parles, mais ce que je sais fort bien, c'est que je t'attends depuis un an; prends pitié de mon amour, ô belle, et accepte le bonheur que je te puis offrir.

Et lui tenant ce discours, le jeune homme la voulut attirer vers lui afin de l'embrasser. Mais Oudaoullat ne le souffrit point et se remit à pleurer. Elle savait bien que nul autre que le jeune homme n'avait pu lui dérober ses vêtements, mais seule et démunie, elle se trouvait à sa merci. Elle décida en désespoir de cause de ruser avec lui en attendant l'occasion de lui échapper ou de se venger.

Fleur d'Amour, brûlant de désir et de joie, emporta Oudaoullat vers le palais où il pria ses esclaves de la revêtir des vêtements les plus somptueux de la garde-robe des princesses. Ne trouvant d'autre solution pour elle-même que la patience et la soumission, Oudaoullat sécha ses pleurs. Elle constata bientôt que celui qui l'avait conquise par traîtrise était digne d'elle, et n'eût-il usé de perfidie et de ruse à son égard, elle eût été fière de lui appartenir.

Le jeune prince fit apprêter par ses esclaves un

repas somptueux, servi sur une table d'argent serti de pierres précieuses, qu'il fit porter sur la terrasse entre Oudaoullat et lui-même. Le jeune homme choisit ce qu'il y avait de meilleur et l'offrit à la jeune fille en la priant de manger, mais elle, trop marrie de son aventure et blessée dans son amour-propre, n'y goûta que fort peu et presque à contre-cœur.

Après que l'on eut desservi, l'on apporta un bassin d'argent et un vase de cristal plein d'une eau fraîche avec laquelle les jeunes gens se lavèrent les mains. Puis deux esclaves présentèrent chacune sur un plateau d'ivoire des gobelets de cristal de roche, pleins d'un vin exquis, qu'elles posèrent devant eux. Pour être plus en particulier avec sa belle, Fleur d'Amour fit emporter les flambeaux et les lampes qui brûlaient sur la terrasse, fors deux dont la lueur égalait à peine le blanc scintillement de la lune et des étoiles jouant sur les eaux des bassins.

Il fit venir celles de ses esclaves qui exerçaient au mieux l'art du chant et des instruments à cordes et, après avoir renvoyé le reste de ses gens, il prit un gobelet et, le tenant en sa main, il chanta ces vers aimables et tendres qu'une des musiciennes accompagna de son luth :

La princesse Oudaoullat

Ô belle, l'heure est délicieuse, les palmes
boivent les dernières clartés du jour.
Le soir est sans haleine. Une abeille d'or
voltige çà et là, oublieuse du sommeil,
et suce une rose en pamoison!
Tu rêves, tu souris!
Oh! ne bouge plus!

Oh! ne bouge plus! Ta peau délicate et dorée
colore tendrement la soie diaphane de tes voiles;
et les rayons des étoiles, victorieux des palmes,
te pénètrent, ô diamant, et t'éclairent, ô ma perle!

Ils t'éclairent, ô ma perle! Mais laisse tes seins
respirer ainsi, vagues idéales qui s'élèvent
et s'abaissent au gré de tes rêves. Ô tes seins
neigeux, pareils à l'écume des mers,
à la crête des vagues! Ah! tes seins qui respirent!

Ah! tes seins qui respirent! Le ruisseau
réprime son rire, l'abeille sur la fleur
arrête sa chanson et mon regard brûle
les deux grains de vigne, grenats de tes seins!
Oh! laisse que mes yeux brûlent!

Oh! laisse que mes yeux brûlent! Mais que mon cœur
se pâme sous les palmes ivres de ton corps,
parfumé de roses et de santal,
de toute cette langueur de la solitude
et de la fraîcheur du silence!

Lorsqu'il eut achevé son chant, il but quelques gorgées de vin puis tendit son gobelet à sa compagne en la priant d'y boire pour l'amour de lui, de même qu'il avait bu pour l'amour d'elle.

Oudaoullat, tremblante de l'émotion que ce chant venait de verser dans son cœur, ne songeait déjà plus à sa rancune. Elle prit le verre avec grâce, et avant de boire, elle chanta à son tour ces vers qu'une autre esclave accompagna de son instrument :

Ô Fleur de Beauté, je ne sais quelle langueur
emporte ma conscience et ne me laisse point
savourer ma tristesse,
Ô jouvenceau que je devrais haïr
mais que mes bras déjà voudraient
serrer sur mon cœur!

Et cette nuit si douce, cette lumière de miel
qui baigne ton visage d'un parfum de beauté!

ô jouvenceau que j'aime,
déjà ma bouche cherche la saveur de tes baisers!

Qu'ai-je besoin de boire ce vin que tu m'offres,
puisque tout à l'heure je boirai à la coupe
de tes lèvres ta salive de miel et de volupté!
Oh, viens plus près, et que la soie de mon corps
froisse le satin de ton corps!

Ô, bel adolescent, ta main déjà se presse
sur ma chair frémissante et l'ardeur
de ton souffle caresse mes cheveux!
Oh que ton glaive ardent transperce
mon trésor de volupté!

Et pendant qu'elle chantait, des larmes de joie perlaient aux yeux de Fleur d'Amour. Le prince répondit au chant de la belle par une chanson plus tendre encore, où il lui disait toute la violence de sa passion. A ce moment-là, les danseuses entrèrent sur la terrasse et charmèrent les deux jeunes gens par la grâce et la beauté de leurs mouvements.

Mais Fleur d'Amour et Oudaoullat en avaient terminé avec les danses et les chants et songeaient tous deux au plaisir du lit. Le jeune prince enleva sa compagne dans ses bras et la porta sur la couche somptueuse que leur avaient préparée leurs esclaves. Et l'ayant mise nue, il put constater qu'il avait affaire à une perle imperforée, à une cavale non dressée. Il se réjouit grandement de cela et, de toute la nuit, la tint serrée contre lui comme on tient un pigeon, les ailes repliées dans sa main.

Le lendemain et les jours suivants, les deux jeunes gens vécurent des plaisirs inépuisables que leur offraient le palais et les quarante jardins qui l'entouraient. Enfin, à quelques temps de là, au jour fixé, les sept princesses revinrent en leur demeure et furent fort joyeuses de retrouver leur ami plus heureux encore qu'il ne l'était le jour où elles l'avaient quitté.

Le sultan Azoar les accompagnait et témoigna de son plaisir de retrouver celui qu'il chérissait comme un fils en organisant de grandes réjouissances qui durèrent toute une semaine. La grande terrasse du palais et les jardins furent illuminés de mille flambeaux, chaque jour une fantasia mit aux prises en un grand tournoi les djinns et les efrits les plus habiles, et l'on servit des mets délectables et des vins délicieux. Au bout du septième jour de fête, le sultan Azoar qui devait s'en retourner en son royaume prit Fleur d'Amour à part et lui tint ce discours :

– Ô mon fils, permets que je t'appelle ainsi puisque les circonstances veulent que je te serve de père, je ne doute point que, maintenant que tu as retrouvé l'objet de ta flamme, tu ne veuilles l'épouser et partager ta vie avec ta nouvelle compagne, mais je crois savoir que des liens d'affection très étroits t'unissent également à Bienheureuse, la plus jeune de mes filles. Je te propose donc ceci :

« Mon grand vizir venant d'achever le cycle de ses jours sur cette terre, je désire te nommer à sa place. Tu m'accompagneras en mon royaume et je te confierai cette charge en pleine conscience de ta valeur et de tes qualités. Tu pourras alors épouser au même jour ma fille Bienheureuse qui t'aime déjà tendrement et Oudaoullat que tu viens de conquérir.

Fleur d'Amour, confus de l'honneur et de l'estime que lui témoignait Azoar, ne sut comment l'en remercier. Il se contenta de se prosterner à ses pieds et de baiser trois fois le sol en signe de soumission et de gratitude. Azoar le releva et l'accola à la manière dont un père embrasse un fils, et le fit asseoir à son côté. Puis le sultan fit appeler Bienheureuse sa fille et lui fit part de ses décisions à son sujet. La princesse lui en témoigna une grande joie et courut annoncer la nouvelle à ses sœurs qui l'en félicitèrent.

Le lendemain, on procéda aux préparatifs du départ, et au soir, Azoar, ses filles, Oudaoullat et Fleur d'Amour s'envolèrent sur le dos d'efrits aux ailes rapides.

A Ibizgra, capitale du royaume d'Azoar, l'on fit fête aux nouveaux arrivés et le roi présenta lui-même Fleur d'Amour à sa cour. Chacun s'émerveilla de la beauté et de la sagesse du jeune prince, et il n'y eut homme qui ne l'enviât ni femme qui ne le désirât. A son conseil, réuni le lendemain matin, le sultan fit part de sa volonté de nommer le jeune homme à la charge de grand vizir du royaume, et tous les présents le louèrent de cette décision, fors quelques envieux qui avaient espéré que cette place leur serait réservée. Pendant ce temps l'on avait hâté les préparatifs nuptiaux, tandis qu'Azoar s'empressait de faire construire pour son grand vizir un palais fort vaste et fort beau.

Le jour du mariage, le sultan organisa de grandes réjouissances publiques, fit distribuer à son peuple cent caisses d'or tirées de son trésor personnel et ordonna que l'on fermât les boutiques trois jours durant. Il n'oublia point ses courtisans, ni les savants et poètes de sa cour, auxquels il fit apporter par son chambellan des bourses bien garnies et de somptueux vêtements d'apparat.

En prévision de la cérémonie nuptiale, le sultan avait fait dresser dans la grande salle de son palais quatre trônes d'or massif serti de pierreries, sur lesquels devaient prendre place Fleur d'Amour, ses deux épouses et lui-même. Bienheureuse et Oudaoullat étaient parées de tous leurs atours lorsqu'on les conduisit voilées en ce lieu, où une nombreuse assemblée les attendait. Quand les voiles tombèrent, la joie faisait rayonner leurs visages, et nul n'eût pu déterminer laquelle l'emportait sur l'autre tant elles étaient accomplies toutes deux. Nulle femme non plus, de tout le royaume, qui égalât leur beauté ce jour-là! Les quatre trônes d'or étaient dressés face aux sièges des femmes et des filles des plus hauts dignitaires du royaume, les émirs, les vizirs et les grands officiers du palais se tenant avec les courtisans dans une autre salle. Les femmes des notables avaient pris place un peu plus loin, chacune selon son rang, et toutes étaient habillées d'une manière si avantageuse et si riche que c'était merveille de les voir.

Lorsqu'elles virent entrer Fleur d'Amour, elles ne purent empêcher leurs regards de se jeter sur lui : admirant sa taille, la beauté de son visage et l'éclat de ses yeux, elles ne pouvaient se lasser de le regarder. En un instant, il n'y eut femme de toute l'assemblée qui n'enviât en son cœur le bonheur des deux princesses qu'il allait prendre pour épouses.

Quand Fleur d'Amour se fut assis sur son trône entre ses deux compagnes, il n'y eut qu'un seul murmure d'admiration dans la salle, témoignage éloquent du parfait accord et de la belle harmonie qu'offraient aux regards les trois jeunes gens.

Les musiciens commencèrent leur concert à l'entrée du sultan, qui s'assit sur son trône aux côtés de sa fille. Oudaoullat et Bienheureuse changèrent douze fois de robes et de parures, se présentant chaque fois devant l'assemblée sous un éclat nouveau, comme le veut la coutume. Et à chaque entrée nouvelle, des serviteurs jetaient des poignées d'or à la foule qui se pressait aux abords du palais.

Lorsque cette cérémonie fut achevée, les joueurs de violes et de luths firent place aux danseuses et aux batteuses de tambourins qui divertirent les invités dans l'attente du banquet. Et tandis que les suivantes des princesses achevaient de revêtir et de parer les deux épouses pour leur toilette finale, le prince et le sultan, accompagnés de tous leurs courtisans, assistèrent à la fantasia la plus belle qu'il fût donné de voir : cavaliers pleins de vaillance et tireurs parmi les plus adroits s'affrontèrent en maints combats singuliers jusqu'à la tombée du jour.

Alors seulement la cour, les notables et les invités des royaumes voisins se mirent à table et goûtèrent au repas le plus fameux que sultan eût jamais offert en son palais.

Puis, comme la fin de la soirée approchait, Azoar conduisit le prince à la porte de la chambre nuptiale, devant laquelle il l'accola avec tendresse et effusion.

Fleur d'Amour trouva ses deux épouses en toilette de nuit, devisant joyeusement. A son entrée, elles se dévêtirent promptement et se mirent au lit, réservant une place entre elles deux. Le prince se dévêtit de même, mais lorsqu'il retira sa gandoura, un paquet assez volumineux tomba de l'une de ses poches, laissant apparaître le bout d'un vêtement de plumes qui n'était autre que celui d'Oudaoullat. La jeune femme eut le temps de l'apercevoir avant que Fleur d'Amour ne le cachât, et sa rancune se réveilla subitement. Elle décida de se venger de son époux trompeur la nuit même si cela se pouvait. Fleur d'Amour prit place dans le lit auprès de ses deux compagnes et leur donna à chacune bien au-delà du plaisir qu'elles étaient en droit d'attendre d'un seul homme. Nul baiser, nulle caresse nouvelle, nulle jouissance ne leur furent épargnés cette nuit-là. Enfin, comme le jour allait naître, le sommeil appesantit les paupières de Bienheureuse et du galant époux, tandis que celles d'Oudaoullat restaient ouvertes. Aussi, lorsque la jeune femme vit le prince et Bienheureuse endormis, elle se leva sans bruit et revêtit son habit de plumes qu'elle n'eut pas de peine à retrouver.

En hâte, elle griffonna ces mots sur une tablette de cire afin que Fleur d'Amour les trouvât à son réveil :

« Ami bien-aimé, je m'en vais aujourd'hui comme je suis venue, avec le vêtement de plumes que tu jurais ne m'avoir point dérobé. Si tu m'aimes assez, je ne doute pas que tu ne viennes me chercher au palais de mon père le roi Maïmoune, qui règne au-delà des sept mers, au royaume de Marzagra.

« Adieu, époux tendre et aimant, je te quitte en te regrettant. Sache que je n'agis ainsi que parce que tu m'as trompée. Puisse Allah nous réunir un jour! »

Au matin, à son réveil, Fleur d'Amour fut surpris de se retrouver seul auprès de Bienheureuse, mais il pensa que son autre compagne s'en était allée contenter quelque besoin légitime, et dans l'attente de son retour, il témoigna à Bienheureuse l'excès de son amour par des baisers ardents et des caresses empressées. Leurs bouches se dévoraient et leurs corps s'épousaient en étreintes merveilleuses. Leur bonheur était parfait! Mais tout bonheur ne dure qu'un instant : déjà à peine caressé, il a fui pour longtemps... Au bout d'une heure, Fleur d'Amour se leva pour rechercher Oudaoullat qui ne pouvait demeurer si longtemps absente sans quelque raison sérieuse. C'est à ce moment-là seulement que son regard tomba sur la tablette que la jeune femme lui avait laissée avant que de s'enfuir. Et, tandis qu'il lisait, Bienheureuse pouvait voir son visage changer de couleur et le malheur s'abattre sur leur bonheur trop court.

Fleur d'Amour ne resta pas debout davantage, il s'assit sur le lit, cependant que des larmes inondaient son visage. Bienheureuse lut les quelques lignes qui venaient de provoquer leur malheur à tous deux et en fut marrie pour son ami, car elle l'aimait d'un amour tel qu'elle partageait avec lui ses peines et ses joies, même des peines qui eussent dû la réjouir!

AU PAYS DES INFIDÈLES

La douleur de Fleur d'Amour dura de longs jours sans qu'il prît le soin d'y remédier ou de la cacher. Bienheureuse le consola du mieux qu'elle put et Azoar prodigua au jeune homme les paroles les plus aimables et les discours les plus sages. Lorsque le malheureux prince sortit enfin de son abattement, ce fut pour demander où était le royaume de Marzagra et comment on y parvenait, car il était bien résolu d'y aller quérir Oudaoullat sa bien-aimée. Mais nul ne savait où était ce royaume et nul n'en avait jamais entendu parler. Azoar fit publier par tout son royaume que quiconque aurait connaissance de ce pays le lui rapportât. Mais cette démarche fut vaine et Fleur d'Amour en était arrivé à se demander si Oudaoullat ne s'était point moquée de lui.

Le sultan, voyant que personne ne le pouvait renseigner, envoya des ambassadeurs auprès de tous les souverains des royaumes proches ou lointains, avec mission de lui rapporter la situation du pays de Marzagra et de son roi. Les ambassadeurs revinrent les uns après les autres sans pouvoir fournir de réponse satisfaisante, fors le dernier d'entre eux, envoyé auprès du roi de Chine, qui ne revint qu'un an après son départ mais rentra accompagné d'un grand djinn au visage noir, serviteur du roi de Chine, qui affirmait connaître le chemin du royaume de Marzagra. Lorsqu'on eut rapporté cela à Fleur d'Amour, il décida sur l'heure de partir, guidé par le djinn, même si ce voyage était une folle entreprise et lui devait coûter la vie. Le sultan Azoar tenta de le dissuader de cette résolution, en lui proposant d'envoyer quelqu'un à sa place, mais le jeune prince ne le voulut point. Le sultan lui fit alors préparer un équipage digne de lui et lui remit quelques riches présents pour le roi Maïmoune, ainsi qu'une bourse bien garnie pour son voyage. Et il chargea le djinn au visage de nuit de guider le jeune homme et de veiller sur lui comme il veillerait sur son propre fils.

Fleur d'Amour partit le lendemain après que

Bienheureuse eut versé de nombreux pleurs sur son épaule. Emporté par le djinn, Fleur d'Amour survola trois mers et trois continents, ne s'arrêtant que le temps de se reposer et de prendre quelque nourriture.

En chemin il s'entretint avec son compagnon de voyage et lui confia les raisons qu'il avait de retrouver le royaume de Marzagra. Il lui fit le récit de ses aventures prodigieuses, lui conta ses joies et ses peines.

Au septième jour de leur voyage, ils arrivèrent en vue d'une cité immense qui n'était autre que la capitale des Infidèles : Rumer la Grande. Fleur d'Amour consentit non sans quelque répugnance à ce que l'on s'y arrêtât. Mais ils ne devaient y faire halte qu'une nuit pour se reposer de leurs fatigues avant que de repartir plus loin. Le djinn au visage de nuit fut satisfait de cet arrêt qui devait favoriser son perfide dessein. Au-dessus de la cité de Rumer, le djinn plongea vers la place immense qui s'étendait au centre de la ville. Elle était pleine d'une foule grouillante et bariolée, où leurs vêtements étrangers n'allaient pas éveiller trop de curiosité. Mais ni Fleur d'Amour ni son compagnon ne parlaient la langue des Infidèles et il leur fut impossible de se renseigner sur un lieu où ils pourraient trouver un gîte. Après quelques vains essais de conversation, ils se dirigèrent vers un grand édifice bordé d'une double rangée de colonnades, qui pouvait bien les abriter pour la nuit.

Fleur d'Amour, très fatigué de son voyage, s'était endormi profondément, roulé dans son burnous, la tête appuyée sur le socle d'une colonne. Profitant de son sommeil, le djinn perfide lui ravit sa bourse et ses bagages et, le laissant seul et démuni, s'envola immédiatement vers le royaume de Marzagra, bien décidé à conquérir la princesse Oudaoullat à la place du prince.

Le sommeil du jeune homme était chargé de cauchemars, et celui-ci le frappa particulièrement : il se vit transporté en un palais somptueux, aux murs ornés d'immenses fresques; des hommes vêtus de noir, de grandes croix d'or et d'argent sur la poitrine, parcouraient lentement ses couloirs innombrables. Ces hommes étranges avaient le crâne rasé et s'avançaient en files, les mains jointes et marmonnant des paroles incompréhensibles. Fleur d'Amour assistait à ce spectacle, curieux et étonné, lorsque l'un de ces personnages s'approcha de lui et, lui mettant la main à l'épaule, l'invita à le suivre.

L'homme le conduisit en une salle fort belle, dont le centre était orné d'une immense croix d'or et de pierres précieuses. L'homme le fit agenouiller au pied de la croix et lui dit :

– Adorateur du diable et mécréant, prosterne-toi devant le Dieu unique et véritable, et abjure ta foi maudite!

Mais Fleur d'Amour, toujours en rêve, se redressait furieux et répondait à l'inconnu :

– Je voudrais que tu me coupasses sept fois la tête et le zeb plutôt que de faire ce que tu me demandes!

L'homme l'emmena dans une autre salle où le jeune prince vit des hommes enchaînés que d'autres infidèles à robe noire retroussée soumettaient à d'horribles supplices. Son guide, se tournant vers lui, dit :

– Voilà ce que tu vas subir si tu n'abjures pas ta foi maudite et ne te prosternes pas devant le seul vrai Dieu!

Et disant cela, l'homme fit un signe mystérieux, promenant sa main sur son front et sur sa poitrine. Mais Fleur d'Amour se récria encore qu'il préférait mille fois ces tortures que d'abjurer sa foi.

L'homme poursuivit sa route et le mena en une

autre salle où cinq grands esclaves noirs, nus et meurtris, mutilaient au fer rouge le sexe d'hommes enchaînés qui hurlaient et se tordaient de douleur.

– Voici, lui dit l'homme, ce que tu connaîtras si tu n'abjures pas ta foi maudite!

Et Fleur d'Amour, horrifié par le spectacle infamant, répétait encore machinalement qu'il préférait ce châtiment à la honte d'un parjure. Mais déjà l'homme s'était remis en route et le conduisait en une quatrième salle où, comble de l'horreur, des hommes et des femmes, affamés par trente jours de jeûne, dévoraient à belles dents, avec un appétit de bêtes féroces, des hommes épuisés que deux grands esclaves faisaient rôtir sur des braises ardentes.

L'inconnu lui dit :

– Vois le sort qui te sourit si tu n'abjures pas tes croyances maudites! Les hommes et les femmes que tu vois ici occupés à dévorer leurs semblables sont les mêmes que d'autres affamés dévoreront demain! Et chacun d'eux le sait, mais il n'y en a point parmi eux qui sache dompter sa faim pour rester homme jusqu'à la mort.

Sur ces paroles, l'homme emmena Fleur d'Amour en une pièce déserte et noire, meublée d'une paillasse et d'un pot de métal, et lui dit en l'enfermant :

– Je te laisse trois jours à ta méditation. Après, tu auras le choix entre l'abjuration et les honneurs... ou les supplices auxquels tu viens d'assister en spectateur.

Fleur d'Amour se réveilla sur ces paroles. Il se frotta les yeux et regarda autour de lui. Ses esprits et le souvenir ne lui revinrent que petit à petit. Puis il s'étonna de ne voir pas auprès de lui le djinn au visage de nuit, et davantage encore de se trouver dépouillé de sa bourse et de ses bagages.

Autour de lui la foule s'agitait et de nombreux passants le dévisageaient avec curiosité. Il ne fut pas long à comprendre que le djinn l'avait abandonné, le laissant seul et démuni de tout, à la merci du destin.

Mais Fleur d'Amour ne maudit point son sort comme d'autres l'eussent fait à sa place. Il se prosterna trois fois, le visage à terre, bénit Allah de ce qu'Il lui avait laissé la vie, et remit son destin entre ses mains.

Le jeune homme était encore en prières, lorsqu'un juif vénérable, de par sa barbe qu'il avait fort longue, l'aborda et lui dit en sa langue :

– Ô bel étranger que je vois en prières dans

cette ville où tous tes frères et les miens sont maudits, ne crains-tu donc pas de vénérer ainsi ton dieu devant tout ce monde impie? Mais dis-moi par quel hasard tu as pu venir en ces lieux sans compagnon et sans bagages?

Aux premières paroles du juif, Fleur d'Amour s'était relevé, avait secoué la poussière de son vêtement et répondit :

– Ô vieillard, puisque tu t'intéresses à mon sort avec tant de bienveillance, apprends ma triste histoire et vois comme le destin qui tantôt me favorise me rejette aussitôt après dans le malheur! Mais je ne me plains pas puisqu'il me reste la force de louer Allah et de le remercier de m'avoir donné le jour.

Sur ce discours, le juif entraîna le jeune homme vers une taverne proche, s'assit sur la banquette et fit signe à son compagnon de prendre place à ses côtés.

– Tu peux te féliciter, jeune homme, de m'avoir rencontré moi plutôt qu'un de ces vils adorateurs de femmes porteurs de reliques! Confie-toi à moi et je verrai ce que je puis faire pour toi.

Lorsqu'ils eurent vidé quelques verres de vin, Fleur d'Amour suivit donc le juif, mais ce fut pour son malheur. Il ne songea pas, hélas, que rares sont les hommes qui viennent en aide à leur semblable sans qu'un intérêt les y pousse! N'ayant ni or, ni argent, ni marchandises qu'il pût troquer, ne connaissant ni la langue, ni les usages des habitants de la ville, il s'accrochait au vieux juif comme un naufragé s'agrippe à une planche flottante en se répétant les paroles du prophète :

« Tout n'arrive que par la volonté d'Allah! Nul ne peut échapper à son destin, qu'il soit faste ou néfaste. Chemine dans la vie tout droit devant toi, et souviens-toi qu'Allah seul connaît les choses cachées! »

Le juif conduisit Fleur d'Amour en sa demeure, lui offrit à manger et à boire, ce que le jeune homme accepta de bonne grâce car il n'avait pris aucune nourriture depuis la veille. Puis son hôte le mena au hammam où de jeunes esclaves le lavèrent et l'oignirent, le parfumèrent et le revêtirent d'habits propres et décents. Lorsqu'ils furent de retour en la demeure du vieillard, celui-ci fit apporter deux coupes d'une liqueur parfumée qu'un jeune esclave leur présenta sur un plateau d'argent.

Mais devant que Fleur d'Amour y trempât ses lèvres, le juif versa dans la coupe destinée à l'adolescent une poudre blanche qu'il tira subrepticement d'un petit flacon de cristal. Deux minutes s'étaient à peine écoulées que le jeune prince dormait profondément, couché sur les coussins moelleux d'un sofa.

Le juif se rendit aussitôt au palais du sultan de la cité qui, de mœurs sodomites, entretenait un harem d'adolescents. Le juif vint lui proposer, en entretien privé, l'acquisition du plus beau jouvenceau que la terre eût jamais porté, et le cœur du sultan se dilata de plaisir à la description somptueuse que le vieillard lui fit des charmes du jeune prince.

Le marché fut conclu à la satisfaction des deux parties et le pourvoyeur du harem revint chez lui d'un pas alerte, heureux de la bonne affaire qu'il venait de traiter.

De retour en sa demeure, il commanda une chaise à porteurs, revêtit le jeune prince endormi d'une magnifique tunique de soie transparente, et, l'ayant fait porter dans la chaise par deux de ses esclaves, il l'emmena au palais. Le sultan, à la fois souverain de la cité et chef de la religion des Infidèles [1], avait donné ordre qu'on laissât entrer

1. Il s'agit vraisemblablement du pape, Rumer la Grande, capitale des Infidèles, désignant à l'évidence la ville de Rome.

le pourvoyeur juif dès qu'il se présenterait, car il avait hâte de voir son nouvel esclave.

Le juif s'en vint donc auprès du monarque et, quand il eut ouvert la porte de la chaise et que Fleur d'Amour apparut aux yeux du sultan, celui-ci fut si ému de sa beauté qu'il ne maîtrisa point un soupir de volupté et que son aiguillon, quoique fort affaibli par l'âge et la débauche, s'agita sous sa tunique et se dressa en toute impudeur.

Il descendit de son trône pour contempler le jeune prince de plus près, et voyant ses lèvres colorées de l'incarnat le plus pur, ne put s'empêcher de les baiser et de laisser ses mains parcourir le corps du jouvenceau et s'attarder quelque temps à l'endroit où sommeillait sa gazelle mâle.

FLEUR D'AMOUR AU HAREM DU SULTAN DES INFIDÈLES

Le sultan des Infidèles ordonna à son trésorier de verser cinq mille dinars d'or au juif qui lui avait amené un si bel adolescent et le congédia, lui et tous les courtisans qui l'entouraient. Et prenant Fleur d'Amour dans ses bras, il le porta lui-même dans une autre pièce et le déposa délicatement sur un vaste sofa orné de riches étoffes et de coussins somptueux.

Là, il retira doucement la tunique du jeune homme, prenant garde de ne point le réveiller et, le voyant nu et beau comme la lune à son quatorzième jour, il s'émerveilla et se trémoussa à son aise en s'écriant :

– Ya Allah! Que c'est admirable!

Et sur cette exclamation, il lâcha un grand pet sonore qui venait à point forcer l'huis du temple d'où il tirait ordinairement sa volupté, témoignant ainsi de sa délectation!

Puis, avec une promptitude extrême, il se dévêtit lui-même et s'étendit aux côtés du jouvenceau et, d'une main experte, caressa aux endroits les plus sensibles le beau corps endormi, tout en chantant ces vers :

Ami, lève-toi et secoue ta langueur!
La fleur du bonheur ne s'épanouit pas dans le sommeil.
Ne laisse pas passer sans les consumer les instants de ta vie, car tu auras des siècles pour dormir!

Fleur d'Amour se réveilla et sentit sur sa chair les caresses d'une main voluptueuse, mais il crut rêver encore et ne bougea plus. Il s'étonnait de la lumière étrange, bleue et grise, qui flottait à peine dans une chambre fabuleuse où des ors et des marbres travaillés mêlaient leurs fines arabesques sur un fond d'azur sombre. Des rideaux de soie de Nichapour et des tentures de Boukhara voilaient portes et fenêtres, ne laissant entrer aucun bruit. Des statues de pierre et mille tableaux chantaient l'amour et ses plaisirs sous les formes les plus variées. Des parfums subtils brûlaient dans des cassolettes d'or et semblaient flotter, n'effleurant l'odorat qu'à peine.

Tournant ses regards vers les mains qui le caressaient, le jeune prince s'aperçut avec dépit qu'elles appartenaient à un vieillard et non à la gente pucelle qu'il avait imaginée. De crainte soudaine, il se détourna, mais le sultan qui avait vu ses yeux s'entrouvrir se fit plus entreprenant, et d'un élan de jeune homme, il posa ses lèvres sur celles du prince et puisa dans sa bouche sa salive de miel, tandis que sa main saisissait la gazelle alanguie du jouvenceau pour la bercer jusqu'à ce qu'elle s'élançât fière et hardie entre ses doigts.

Par son malheur et son infortune brisé, Fleur d'Amour n'offrit qu'une faible résistance à cette entreprise, tout cela lui rappelait le proverbe bédouin :

« Le pèlerinage ne s'achève pour le chamelier que lorsqu'il a enculé son chameau. »

Le sultan en profita pour s'enhardir, ne cessant de mordiller le corps du jouvenceau dont la flèche droite, guidée par sa main habile, ne tarda pas à venir se planter dans l'antre des noires félicités. Haletant, gémissant, le vieillard couvrit Fleur d'Amour de baisers brûlants, puis s'écroula sur le tapis, inanimé, au pied du sofa. Alors seulement le jeune prince sortit de sa torpeur, se releva de sa couche et, jetant un regard de dégoût sur l'affreux vieillard qui gisait au sol, s'écria :

– Ya Allah! Tout n'arrive que par Ta volonté!

Et il se revêtit de sa tunique pour fuir par l'une des portes.

Mais un garde veillait devant chacune d'elles, et comme le jeune homme se précipitait hors de la pièce, l'un d'entre eux le saisit au bras et le reconduisit jusqu'au somptueux appartement qui lui était réservé.

Fleur d'Amour se jeta sur sa couche tandis qu'une foule de pensées contradictoires assaillaient son cerveau. Il médita longuement sur l'injustice du sort et sur les maux et les iniquités dont la vie se drape à l'ordinaire. Plongé dans ces pensées sombres, il n'avait pas entendu les pas d'un autre adolescent qui s'était assis auprès de lui et lui posait la main sur l'épaule :

– Ô bel étranger, lui dit-il, je vois ton visage soucieux et ton beau front sillonné de rides. Pourquoi t'affliges-tu de ce qui vient de t'advenir? Viens avec moi, et réjouis-toi avec nous, car nous sommes plus de cent jeunes gens dans ton cas. Tu viens de subir la première épreuve de cette nouvelle existence, mais nous l'avons tous subie avant toi et tu nous vois résignés et heureux. Sois gai et cueille avec nous les fruits du plaisir que la vie nous offre à côté des baies empoisonnées!

Sur ces étranges paroles, le jeune homme entraîna Fleur d'Amour dans une grande salle du palais où plus de cent jouvenceaux, tous plus beaux les uns que les autres, avaient déjà pris place autour d'une table richement servie. Les jeunes gens lui firent un très bel accueil et réservèrent au prince la place d'honneur parmi eux. Chacun voulait l'embrasser et tous se disputèrent le privilège de le baiser sur la bouche. Fleur d'Amour se dit que tel devait être l'usage du pays, et ne le trouvant point mauvais, il le leur rendit fort bien. Le repas fut joyeux et le prince se trouvait en si belle société qu'il ne s'affligea pas trop du sort qui l'avait conduit en ce lieu, parmi tant de beaux et gais compagnons.

Ils mangèrent jusqu'à satiété et burent jusqu'à l'ivresse, et nul ne sortit de table qu'il n'eût sa conscience ravie et les sens extasiés tout ensemble par la vue du tendre adolescent et le bel assaisonnement des mets.

Aussi quelques-uns des mignons du sultan décidèrent spontanément d'initier leur nouveau camarade au rituel de leurs plaisirs.

Enfermés dans le harem du palais, ils disposaient d'une prison dorée. Chacun de ces cent soixante-seize esclaves du plaisir disposait d'un bel appartement et jouissait de toutes les commodités d'une demeure royale. Cinq jeunes gens emmenèrent Fleur d'Amour dans l'un de ces appartements, spécialement aménagé en chambre d'amour : le sol de la pièce était recouvert entièrement de tapis moelleux, de coussins brodés et de peaux à la fourrure délicate et douce. L'ensemble formait un vaste lit, entouré ici et là de petites tables d'ébène porteuses de narguilés de haschisch et de coupes de liqueurs et de sorbets.

Aux parois, des tableaux et des bas-reliefs suggestifs disaient les formes variées de l'amour et chantaient les plaisirs de Ptahmir, île peuplée de jouvenceaux qui s'aimaient sans contrainte. Quelques grandes vitrines à bibelots offraient aux regards des initiés une collection d'objets d'amour allant du godemiché chinois au harak-saur des Guinéens. Le jeune prince, qui voyait une telle panoplie pour la première fois, réprima son étonnement et attendit que ses compagnons lui expliquassent d'eux-mêmes son usage et sa signification. Les cinq jeunes gens étaient tous fils de roi ou de sultan de contrées fort différentes. Le premier s'appelait Rolan et venait du pays des Francs; le second, Arachak, descendait des cavaliers des steppes sauvages où le vent ploie sous son joug les arbres et les plantes et les oblige à ramper; le troisième était le fils du roi des Indes, qui avait conquis sept royaumes pour retrouver son fils avant d'être tué par le roi Urur-Sen; le quatrième, au visage jaune safran, était le fils du sultan des Iles Heureuses; et Djinga, le cinquième, au visage de nuit, était prince du Soudan.

Les cinq jeunes gens contèrent à Fleur d'Amour l'histoire de leurs aventures et comment le destin les avait conduits en ces lieux. Fleur d'Amour conta les siennes à son tour, mais il est inutile de les rappeler ici. Or, à l'instant où il en était arrivé à décrire sa passion pour la belle Oudaoullat, ses yeux se remplirent de larmes et les cinq jeunes gens ne purent se tenir de le venir embrasser. Djinga lui dit :

– Ami, tu nous vois réunis ici par une destinée commune; unissons nos cœurs et nos passions par l'oubli du passé et l'ivresse des plaisirs communs.

Et sur ces paroles de l'esclave au visage de nuit, ils dévêtirent Fleur d'Amour de sa tunique et se libérèrent eux-mêmes de tout voile. Ils s'étendirent sur la vaste couche, et leurs caresses mutuelles firent bientôt lever gazelles comme six minarets dressés vers le ciel.

Ils s'aimèrent longuement, et Fleur d'Amour s'étonnait de n'avoir jamais encore connu des plaisirs semblables, si différents de ceux que l'on goûte d'ordinaire auprès d'une femme. Le sommeil le surprit dans cette méditation, et le jour le retrouva dans les bras de ses compagnons.

Mais bientôt la porte de leur chambre s'entrouvrit et deux des serviteurs du sultan les vinrent appeler, lui et Rolan, pour servir le plaisir de leur maître.

Ils trouvèrent le sultan en grand costume de cérémonie : le vieillard venait de bénir cinquante mille personnes, qui le vénéraient à l'égal d'un dieu. Quatre garçons de cour le dévêtirent, enlevèrent délicatement de sa tête l'énorme coiffure d'or et de pierres précieuses qui la recouvrait. Après quoi le souverain s'étendit sur le sofa et fit signe aux deux jouvenceaux de s'approcher.

D'une main fébrile il arracha leurs tuniques qu'il jeta au loin, les attira vers lui et les embrassa avec passion. Puis, d'un petit stylet qu'il avait à la portée de sa main et sans ménagement, il lacéra les épaules de Rolan qui gémit de douleur mais ne se débattit point.

Fleur d'Amour se jeta sur le sultan pour délivrer son compagnon, mais celui-ci le supplia de n'en rien faire. Alors, brusquement, le vieillard se jeta sur le jeune homme, et mordant ses plaies à belles dents, il caressa son cyprès de jouvence de ses mains fiévreuses, tout en suppliant Fleur d'Amour de planter en sa propre fleur son aiguillon de volupté. Le prince ne le fit pas sans répugnance, mais bientôt, comme la veille, après qu'il eut subi ce qu'il voulait subir, le sultan tomba sur le tapis inanimé, tandis qu'une jeune esclave venait panser les plaies du prince franc.

Fleur d'Amour s'initia vite à cette existence nouvelle mais il ne pouvait chasser de son cœur l'image de celle qu'il chérissait plus que tout au monde, Oudaoullat la belle, qu'il avait juré de retrouver.

Des semaines et des mois passèrent. Le jeune homme ne tentait pas de s'échapper car tout le pouvait convaincre de l'inutilité d'une telle tentative. Il demeura le favori du sultan et chaque jour son maître lui envoyait quelque présent nouveau, mais il ne se passait de nuit sans que le vieillard le mandât auprès de lui. La passion du souverain devenait de plus en plus exclusive, de plus en plus insensée; bientôt il ne se contenta plus de le caresser, de l'embrasser et de subir ses assauts, mais inventa des orgies et des spectacles d'épouvante destinés à exciter sa propre vigueur. Fleur d'Amour dut y assister malgré sa répugnance profonde.

Un matin, deux serviteurs de son maître le vinrent quérir à une heure inaccoutumée. Le jeune homme trouva le sultan dans un état de trouble et de fébrilité extraordinaire. Il apprit de sa bouche qu'une insurrection avait éclaté dans une cité proche de sa capitale, rébellion fomentée par des mécréants qui niaient son essence divine et rejetaient son pouvoir. Mais ses troupes avaient rasé la cité rebelle et massacré les habitants, hommes, femmes et enfants, jusqu'au dernier.

Il allait sur l'heure juger les suspects d'hérésie que l'on avait arrêtés dans sa propre capitale, et il annonça à son favori qu'en l'honneur de leur supplice, il avait ordonné de grandes réjouissances en son palais.

Dans une chaise somptueuse portée par huit des plus hauts dignitaires religieux revêtus de toges pourpres, le souverain s'avança au milieu de l'immense foule agenouillée en signe de soumission et d'humilité. Fleur d'Amour suivait dans une autre chaise portée par quatre esclaves noirs vêtus d'un pagne de couleur. Derrière eux, à pied où à cheval, les courtisans du sultan et les dignitaires de sa cour marchaient en silence, tandis que des femmes, au premier rang de la foule, s'avançaient pour baiser les robes de ces puissants personnages.

Ils prirent place sur une estrade face à la foule, et l'on amena les prisonniers, enfermés dans des cages pareilles à celles où l'on tient d'ordinaire les fauves. Leur jugement fut bref, sans procès, sans défense. On les condamna tous à la peine de mort. Mais pour le plaisir du souverain et de sa cour, tous ne furent point destinés au même supplice. Les uns allaient être pendus, d'autres empalés, les femmes écartelées, les enfants enchaînés sur la roue et livrés au vautour. Mais avant que d'être suppliciés, les plus beaux d'entre eux allaient servir au plaisir du sultan et de ses favoris.

Fleur d'Amour dut alors assister à une cérémonie atroce. Il se souvint de son rêve et se demandait si la réalité n'était pas plus affreuse encore que les visions de son cauchemar.

Dans une grande salle vaste aux ornements magnifiques, une grande table dressée portait des plats délicats et des vins choisis.

Le sultan s'y rendit bientôt, accompagné de ses favoris, et se tournant vers le fond de la salle où, sur des chaises d'or et de velours, se trouvaient enchaînés cent esclaves noirs, leurs pagnes relevés à la ceinture, il fit apporter de grands plateaux garnis de mets de toutes les couleurs, composés de tout ce qui vole dans les airs, marche sur le sol ou nage dans les mers, le tout assorti de sucreries, de confitures et de gâteaux sur lesquels on avait écrit, avec des amandes ou de la neige, des vers à la louange de Dieu et du sultan.

D'autres esclaves amenèrent ensuite des instruments de torture et, tandis que le sultan et ses amis prenaient place autour de la table et commençaient à festoyer, les prisonniers, hommes, femmes et enfants, assistaient nus et à jeun depuis plusieurs heures à cette orgie de viandes et de légumes délicats dont ils n'eurent nulle miette, cependant que les chiens du souverain dévoraient à leurs pieds des morceaux de choix.

Les vins et les liqueurs circulaient entre les convives et leur effet ne manqua pas de se faire sentir dans l'ardeur de la conversation et l'animation des gestes. Certains invités avaient attiré déjà le prisonnier ou la prisonnière de leur choix et l'avaient poussé sous la table à leurs pieds, l'obligeant, pendant qu'ils buvaient et mangeaient, à extraire de leurs gazelles le lait de volupté.

Puis, d'un signe, le sultan appela ses bourreaux qui lièrent certains des prisonniers à des béliers de fer garnis de grosses pointes, tandis que d'autres étaient suspendus de force à des crochets. Et nos convives, représentants sur terre de Dieu et de la puissance publique, cueillirent bientôt les roses de leur plaisir sur leurs corps convulsés et meurtris. Enfin, pour achever l'horreur de la cérémonie, ces monstres ivres saisirent des pinces et des tenailles et arrachèrent à leurs victimes, qui un œil, qui la pointe d'un sein, certains même allant jusqu'à déchirer à belles dents les corolles et les tiges de leurs victimes.

Fleur d'Amour ne put assister à ce spectacle d'épouvante, et s'évanouit sur le sofa où il s'était réfugié. Quand il reprit connaissance, il sentit sur lui la respiration chancelante de son maître, qui lui causa une telle horreur qu'il résolut de s'enfuir la nuit même.

Mais le harem du sultan était jalousement gardé, et bien que le jeune homme jouît d'une liberté relative en sa qualité de favori, il savait qu'il ne serait point facile de franchir la triple enceinte du palais.

A l'heure la plus profonde de la nuit, Fleur d'Amour, qui avait réuni les quelques effets qu'il voulait emporter, mit dans sa poche une bourse remplie d'or et de pierres précieuses et s'en fut vers la première sortie – non sans s'être au préalable excusé de son absence auprès de ses compagnons. A pas de loup, il se glissa le long des murs, enjamba les corps endormis des eunuques préposés à la surveillance du harem, et atteignit le long vestibule qui aboutissait à l'entrée principale. Il s'était déguisé en marchand et espérait ainsi n'être point remarqué dans les rues de la cité. Mais devant la porte se tenaient une vingtaine de gardes, assis en rond sur des nattes d'osier, qui discutaient avec ardeur en jouant à la chkoubba. Il s'approcha aussi près qu'il le pouvait, frôlant le mur qui le protégeait de son ombre, et parvint à entendre leur conversation sans qu'ils se doutassent de sa présence.

– Je vous assure, disait l'un d'eux, que les étoiles qui tombent dans la nuit sont des morceaux de lune ou de soleil que le Bon Dieu lance dans le ciel pour éclairer le chemin des bergers!

– Mais non, répliquait un autre, les étoiles

filantes sont des torches que les anges portent à la main quand ils se promènent dans le ciel!

– Dis plutôt les pets du Bon Dieu que les anges enflamment, interrompit un troisième.

Un autre ajouta :

– Ma mère m'affirma quand j'étais petit que les étoiles filantes et les comètes n'étaient autres que les âmes des enfants qui allaient naître et qui descendaient sur la terre!

Les voix des gardes s'emmêlaient, se bousculaient, chacun plaçait son mot et son explication, et Fleur d'Amour tremblait de ne pouvoir détourner leur attention de la porte de l'enceinte, lorsqu'il entendit une voix plus forte que les autres s'écrier :

– Tas d'ignares et de paysans, vous avez tort! Car les étoiles qui tombent sur la terre par les nuits noires ne sont ni des âmes, ni des flambeaux d'anges, ni des pets du Bon Dieu, mais tout simplement des pièces d'or qui tombent du ciel!

A ces mots le brouhaha des voix devint plus inextricable encore et tous les regards des gardes se tournèrent vers le ciel.

Fleur d'Amour à cet instant, inspiré d'une idée magnifique, tira sa bourse de sous sa tunique et attendit qu'une étoile tombât. Elle ne tarda guère, et l'ingénieux prince s'empressa de lancer une pièce d'or au milieu des gardes stupéfaits qui hurlèrent de joie et se battirent pour la ramasser.

Le jeune homme en jeta une autre, puis une troisième, une poignée enfin, mais de plus en plus loin de la porte, de telle sorte que les gardes se ruèrent les uns sur les autres autour des pièces, délaissant ainsi la surveillance du portail dont l'issue fut bientôt à la portée de Fleur d'Amour, qui s'enfuit libre et joyeux hors du palais.

GAMILA, LA BELLE ESCLAVE

Fleur d'Amour s'enfuit en toute hâte et gagna le port sur la rive du fleuve. Là, il erra de vaisseau en vaisseau à la recherche d'un navire qui levât l'ancre avant la pointe du jour.

Il en découvrit un dont les voiles étaient déjà hissées et qui visiblement s'apprêtait à larguer les amarres. Le jeune homme demanda au capitaine de lui accorder un passage à son bord ce qui, sur sa bonne mine, lui fut accordé. Il embarqua aussitôt. Le vaisseau, toutes voiles dehors, eut tôt fait de descendre le fleuve et après quelques heures de navigation paisible voguait déjà en pleine mer.

Le capitaine invita Fleur d'Amour à sa table avec quelques autres passagers de marque et leur conversation ne laissa point d'être fort agréable. Chacun fit la connaissance de ses voisins de table et conta ses aventures : des histoires galantes et des histoires de mer. Le capitaine, lorsque ce fut au tour du prince, l'invita à leur conter ses propres aventures, ce que Fleur d'Amour fit de bonne grâce et avec un naturel si charmant qu'il enchanta tous ses auditeurs.

Mais quand le jeune homme en fut arrivé à la disparition d'Oudaoullat et au message qu'elle avait laissé derrière elle, le capitaine s'écria :

– Ne sais-tu donc pas, jeune homme, que c'est précisément vers le royaume de Marzagra que nous faisons voile!

Cette nouvelle émut profondément notre héros qui s'exclama :

– Ô capitaine, loué soit Allah (sur Lui la prière et la paix!) qui me ramène sur le chemin de ma bien-aimée à l'heure où je désespérais de la revoir jamais! En m'embarquant sur ce navire je ne songeais qu'à fuir le souverain des infidèles qui me tenait en esclavage et j'apprends que du même coup je vole vers celle que je croyais perdue!

Ses compagnons le pressèrent de leur en raconter davantage, ce qu'il fit volontiers, et chacun à son récit s'émerveilla à la limite de l'émerveillement. Le capitaine, qui habitait le royaume de Marzagra, ajouta que mille lieues à la ronde la beauté de la princesse Oudaoullat était vantée, mais qu'à son dernier passage en ce pays l'on parlait déjà du mariage prochain de la princesse avec un djinn puissant, fils du Roi des Djinns.

A ces mots le cœur de Fleur d'Amour se serra et il pâlit affreusement car il venait de comprendre que son guide, le djinn au visage de nuit, l'avait précédé, et qu'il ne l'avait abandonné au pays des infidèles qu'à seule fin de conquérir la princesse en son absence. Cette nouvelle l'affligea si fort que le capitaine regretta son discours et s'efforça de consoler le jeune homme. Car l'être qui a connu le malheur le plus profond peut seul goûter aux grands bonheurs; et si les souffrances passées s'oublient dans la joie, jamais le bonheur ne s'oublie dans les souffrances.

Le navire voguait déjà depuis plusieurs jours et Fleur d'Amour demeurait triste et taciturne. Accoudé au bastingage des heures entières, il contemplait, l'esprit absent, le jeu des dauphins sur l'onde et celui du vent qui gonflait les voiles.

Le voyage devait durer un mois encore si le beau temps se maintenait, mais si la tempête ou des vents contraires venaient à s'en mêler, ce serait à la grâce d'Allah – sur Lui la prière et la paix!

Le soir, sur le pont, l'équipage chantait des chants si tristes que tous en avaient le cœur serré. Les compagnons de Fleur d'Amour tentaient en vain de l'arracher à sa tristesse en lui tenant de joyeux propos. Parmi eux se trouvait un marchand de Bagdad, riche parmi les plus riches, que l'on disait accompagné d'une jeune esclave fort belle et de la plus haute distinction. On affirmait qu'il l'avait acquise en Égypte pour le compte du roi de Marzagra et qu'il l'avait payée vingt-cinq mille dinars d'or. On prétendait encore qu'elle était la fille du sultan des Indes, capturée par des pirates de la Mer Rouge.

Fleur d'Amour se montra curieux de connaître cette jeune esclave dont on vantait tant les mérites et dont on avait exigé un tel prix. Mais le marchand de Bagdad prenait garde de ne l'exposer point aux regards des indiscrets. Il la tenait enfermée dans une cabine dont il avait seul la clef et ne lui laissait prendre l'air qu'aux heures où le pont était désert, tard dans la nuit ou avant le lever du soleil.

Or une nuit de pleine lune, Fleur d'Amour, ne pouvant s'endormir, était monté sur le pont et s'était installé à la proue du vaisseau pour contempler les flots. Le clapotement de l'onde contre l'étrave calmait ses esprits. Il ne tarda pas à tomber dans une rêverie profonde. Il ne vit point d'abord la silhouette blanche d'une jeune fille drapée dans son voile et qui s'approchait sans bruit, mais lorsqu'elle s'arrêta devant lui et qu'elle découvrit son visage, le jeune prince resta muet de saisissement, stupéfait par la beauté de l'apparition. C'était celle assurément dont le poète avait dit :

C'est une beauté voleuse de cœurs :
la lune à son quatorzième jour!
Les boucles de ses cheveux sont
pareilles aux vagues des nuits d'orage
et ses joues pareilles aux tulipes épanouies!

Quand elle sourit Mahomet lui-même
se fût fait infidèle, et Allah serait homme
pour l'adorer.
Mais quand elle s'avance légère, le chrétien
abjure sa foi pour suivre l'ondulation
légère et gracieuse de sa croupe.

Ses lèvres sont la beauté et la joie
et ses dents ont la blancheur des cimes

des Monts Ourandi!
Mais quand elle retire le voile de son visage,
nul homme qui déjà ne soit son esclave,
et quand elle laisse choir
le voile de son corps et que ses seins neigeux,
ô lys! s'avancent vers vous, il n'est pas de cœur
qui ne s'abandonne!
C'est une beauté voleuse de cœurs!

Cette apparition dura ce que durent les apparitions, le temps d'un éclair. A peine la jeune fille s'était-elle arrêtée auprès du jeune homme que la voix du marchand la rappela. Légère elle s'en fut en un dernier sourire et s'éloigna sans se retourner une seule fois.

Fleur d'Amour, ébloui par cette merveilleuse image, resta longtemps à sa place comme pétrifié. Quand il reprit ses esprits et qu'il voulut suivre la belle inconnue, il ne retrouva qu'un rayon de lune qui se jouait sur le pont et folâtrait dans les cordages, cependant que le vent gonflait les voiles et poussait le navire sur la route invisible de son destin.

Le prince descendit dans sa cabine, triste et solitaire, tourmenté de ce que le bonheur lui échappât continuellement, lors même que son amour vagabondait et butinait sans cesse dans tous les cœurs. Le lendemain matin, Fleur d'Amour se leva pourtant de fort belle humeur. La nuit avait emporté d'un seul coup toutes ses peines et toutes ses angoisses. Il fit ses ablutions en chantant et rendit grâces à Allah, maître de toutes choses, et qui seul connaît notre destinée. Il se prosterna trois fois, le visage tourné vers la cité sainte, et dit la prière que tout croyant récite en se levant.

Puis il alla souhaiter le salam au capitaine, s'ouvrit à lui de la rencontre qu'il avait faite la nuit précédente sur le pont et confessa l'état de son cœur.

Mais le capitaine lui dit :

– Malheureux! Pourquoi a-t-il fallu que ton cœur s'éprît de la seule passagère du navire dont la conquête fût impossible! Cette jeune fille est précisément l'esclave destinée aux plaisirs du roi de Marzagra dont nous parlions hier à table et que son maître, le marchand de Bagdad, ne céderait pour aucun trésor au monde. Mais je te vois affligé d'une telle passion que je doute que tu saches te conformer à mes raisons. Tant pis! Il ne sera pas dit que je t'aie refusé mon aide : je veux t'offrir toutes les chances de réussite, mais à la condition que le marchand n'apprenne quoi que ce soit...

Le capitaine prit Fleur d'Amour par le bras et le fit asseoir sur le tapis à côté de lui. Il tira une bonne bouteille de vin de sa réserve et versa deux gobelets de cette pure liqueur.

– Ami, je t'en conjure, lui demanda le prince, dis-moi où je puis retrouver la jeune fille sans éveiller les soupçons de son maître. Pour le reste, tu peux te fier à ma discrétion, car jamais de ma vie je n'ai causé de tort à l'un de mes amis.

Le capitaine tendit l'un des deux gobelets au jeune homme, lui offrit une pipe de haschisch et reprit :

– Sache que le marchand de Bagdad loua pour son esclave, ses serviteurs et pour lui-même les six cabines qui font face à mon propre appartement. A lui seul également appartient tout le chargement du navire, lingots d'or, pierreries et tapis précieux. Il enferme la jeune fille, Gamila dite Fleur de Rose, dans la cabine qui se trouve à gauche de la sienne afin de la surveiller au mieux. Cette cabine pourtant ne communique point avec celle du marchand mais bien avec celle qui renferme les bagages de notre compère. En voici la clef! Je ne puis te donner autre chose ni t'aider d'autre façon. A toi de te débrouiller, et je fais confiance pour cela à l'ardeur de ta passion.

Fleur d'Amour embrassa le capitaine avec effusion, lui jurant une amitié fidèle, l'aimant comme un frère et le vénérant comme un père. Émus tous deux, ils burent un dernier gobelet de vin et se quittèrent les yeux baignés de larmes.

Le jeune homme rongea son frein toute la journée, se promenant de l'arrière à l'avant et de l'avant à l'arrière du navire sans s'arrêter, ne répondant qu'à peine aux salams de ses compagnons de route. A table, il garda les yeux baissés et ne prit part à aucune conversation. De tout le repas il ne jeta qu'un ou deux regards furtifs sur le plantureux marchand qui dévorait à belles dents de vastes quartiers de viande sans se soucier le moins du monde de ce qui se passait autour de lui.

Son repas achevé, Fleur d'Amour se leva de table avant les autres et s'enfuit aussitôt vers la cabine dont il avait la clef. Celle-ci joua parfaitement dans la serrure et il entra, refermant la porte derrière lui. La cabine était pleine de sacs de voyage volumineux et de grosses malles, ce qui ne lui déplut nullement car il trouverait ainsi un refuge facile au cas où l'un des serviteurs ou le marchand en personne viendraient à lui rendre visite.

Fleur d'Amour déplaça le gros coffre qui masquait très exactement la porte de la cabine voisine et s'assura que cette entrée n'était point condamnée. Puis il s'accroupit sur le sol derrière les bagages et attendit, l'oreille collée à la paroi, guettant le moindre bruit.

Une heure s'écoula dans le silence le plus total, puis il entendit le grincement d'une porte que l'on ouvrait dans la cabine d'à côté. Le cœur du prince battit à en rompre ses artères tout au long de la conversation qui suivit :

– Tu vas me remettre à présent le collier que tu portes et que j'ai payé à titre de supplément lorsque je t'ai achetée aux pirates du Caire!...

– Jamais je ne me séparerai de ce collier! répliqua une voix jeune et délicieusement timbrée. Jamais je ne te le donnerai, misérable singe! Sache que je préférerais périr dans les pires tortures que de te le remettre!

– Nous allons voir! Apprends que tu n'auras plus ni aliment ni boisson avant que tu ne m'aies remis ton joyau, et nous verrons si ta résistance supportera le jeûne!

Sur ces mots le marchand s'en alla et un silence

pesant s'établit pendant quelques instants, puis le prince perçut des sanglots étouffés qui lui percèrent le cœur. Sans songer au danger qu'il pouvait courir, il sortit de sa cachette et ouvrit doucement la porte qui le séparait de la belle esclave. Elle ne l'entendit point entrer.

Étendue sur son lit, nue, ses longs cheveux épars autour d'elle, elle sanglotait, mordant sa couverture. Fleur d'Amour la voyant ainsi à la clarté de la lampe, si belle et désirable, tomba à genoux aux pieds de sa couche et la contempla avec ferveur, détaillant avec ravissement les diverses beautés de l'adolescente.

Ah! quelles merveilles ne vit-il pas! C'était à n'en douter pas la perfection la plus éblouissante sortie des mains du Créateur! Ô nudité splendide! Sa nuque blanche surpassait la blancheur des cygnes et l'éclat de ses yeux noirs eût fait pâlir les plus purs diamants. Les joncs eussent envié la sveltesse de sa taille et la nuit d'hiver la profondeur ténébreuse de sa chevelure. Sa bouche pareille à la rose était le sceau de Soliman le glorieux et ses dents un double collier de perles posé sur l'écrin pourpre de ses lèvres. Son cou était pareil aux poteries de Grèce et sa blancheur égalait la neige des cimes. Son ventre fastueux avait des coins et des recoins, des vallées et des collines, et sa croupe était garnie de fossettes et de rondeurs somptueuses; ses cuisses étaient pareilles aux colonnes des temples des infidèles, fermes et élastiques, porteuses de coussins garnis de plumes, et à leur sommet, la frise qui les réunissait accueillait un nid chaud et charmant. C'était une demeure pleine de gloire, recélant mainte caverne et maint secret, offrant au regard des arbres et des broussailles, des vallons et des sources où les gazelles bondissantes aiment à s'ébattre et à s'abreuver. C'était une forêt et sa clairière, un champ de bataille où les héros aiment à se battre le sabre au poing, une source d'oubli où, une fois dans le mois, les dieux et les guerriers viennent épancher leur sang et baigner leurs blessures...

Fleur d'Amour ne put s'empêcher d'improviser ces vers à la louange de la belle qu'il contemplait :

Et je vis la belle, houïah! vêtue
de sa seule beauté comme le rosier de ses roses
et la rose de ses pétales! Je la vis,
les seins en avant comme deux colombes blanches
prêtes à s'envoler, ô lys, et je m'écriai :

Gamila, la belle esclave

Voici la rose et le lys!
La colombe de la beauté!

Mais ma langue se raidit dans ma bouche!
Comment puis-je comparer ses joues aux roses
et ses seins aux colombes!
Ni les roses ni les colombes, ni même les lys de jardins parfumés ne valent les joues
et les seins de ma bien-aimée!
La belle! Si elle paraissait au milieu des infidèles,
ils briseraient leurs idoles
pour l'adorer et la suivre!

Si dans la mer aux flots salés elle venait
à cracher, du miel de sa bouche l'eau de mer
deviendrait douce!

Et moi, la voyant dans la nuit, à la clarté
d'une lampe, je m'écrie :
Que vois-je? Une houri échappée au harem d'Allah?
ou une cavale indomptée qui réclame un cavalier?

Et à ses mots je voudrais voir le rosier
se pencher et serrer de sa main la fleur
de son milieu et me chuchoter en un soupir :

Viens! car les jardins ne fleurissent
que si le jardinier en laboure la terre
du soc de sa charrue! De même le sabre du guerrier
est à la fleur du plaisir
ce que la charrue du jardinier
est à la terre du jardin!
Ô jouvenceau, à l'aide! N'y a-t-il donc plus
sur les mers d'Orient
de navire bien mâté!

Alors moi je sentirais mon mât
tirer sur ses cordages et ma voile gonfler
sous le vent du désir!

Et je verrais le navire bien gréé s'élancer,
triomphant, volant dessus la vague de sa croupe
et l'écume de ses seins et, sous l'ouragan du plaisir,
sombrer dans les abîmes insondables
de la volupté...

Gamila s'était levée de sa couche pour voir de quelle bouche s'envolaient des vers aussi flatteurs. Apercevant alors le jeune prince à ses pieds, elle se roula dans sa couverture pour voiler sa nudité. Mais elle eut bientôt reconnu Fleur d'Amour, et un sourire léger apparut sur ses lèvres. Elle le regarda longuement sans parler. Le jeune homme immobile ne trouvait rien qui pût l'aider à rompre sa contemplation. Quand il voulut ouvrir la bouche, la jeune fille mit un doigt sur ses lèvres, fit trois fois le mouvement de cracher à terre en mettant l'index à son oreille, mit ses dix doigts bien en évidence, la paume en avant, et se recoucha en lui tournant le dos.

Fleur d'Amour murmura quelques mots qui se perdirent aussitôt car la jeune fille s'était retournée brusquement et avait répété ses signes. Avant de se recoucher, elle lui montra la porte par laquelle il était venu et lui fit signe de se retirer.

L'expression de la belle enfant était si plaintive et aimable à la fois que Fleur d'Amour obéit à son injonction bien qu'il en fût tout bouleversé.

Il referma soigneusement la porte, remit le coffre à sa place et s'en fut retrouver le capitaine son ami auquel il raconta tout ce qui venait de lui arriver sans lui en celer aucun détail.

Au découragement qui se peignait sur le visage du jeune homme, le capitaine comprit qu'il n'avait pas compris les signes de Gamila. Mais avant de lui parler, il posa deux coupes de cristal sur la table et les emplit d'un vin capable de dérider l'âme la plus chagrine. Il leva son verre, la main gauche sur son cœur et dit :

– Fleur d'Amour, mon ami, il te souvient peut-être de ces vers de sagesse du poète Khayyam :

Quand la brise du matin entr'ouvre
les roses et leur chuchote que les violettes
ont déjà revêtu leurs robes, seul est digne de vivre
celui qui regarde dormir une souple jeune fille,
saisit sa coupe, la vide
et puis la brise!

« Tu dois être ce jeune homme, et le sourire doit fleurir sur tes lèvres!

Le jeune prince et son hôte vidèrent leurs coupes d'un trait puis les brisèrent d'un même geste en signe d'amitié indestructible. Sur quoi le capitaine s'écria :

– Dis-moi, ami, quel plus grand bonheur y a-t-il sur terre que celui qui unit deux amis véritables?

Mais voyant que Fleur d'Amour demeurait triste et mélancolique, il ajouta :

– Je vois bien que tu n'as pas saisi quelle preuve d'intérêt vient de te donner la belle Gamila. Comment pourrais-tu sinon faire cette tête-là?

– J'avoue en cela que je n'ai point trouvé de

preuve d'intérêt à mon égard dans l'étrange comportement de cette esclave!

– Mais, répliqua le capitaine, son silence était nécessaire, puisque son maître était à l'écoute dans la cabine d'à côté! La preuve en est qu'elle cracha trois fois à terre dans ta direction et qu'elle mit un doigt devant sa bouche et l'autre à son oreille, comme tu me l'as toi-même rapporté! Comment peux-tu donc ne pas exulter de joie, quand celle que tu aimes te fixe rendez-vous pour le soir même en te montrant ses dix doigts avant de te tourner le dos?

Le visage de Fleur d'Amour s'éclaira d'un seul coup car il venait enfin de comprendre la signification des gestes que lui avait adressés Gamila. Comment avait-il été assez bête pour ne pas les interpréter lui-même! Il courut embrasser son ami et lui demanda :

– Penses-tu vraiment que je verrai Fleur de Rose cette nuit?

– Va sur le pont, car il est bientôt dix heures et tu verras ce que tu dois voir!

Et le capitaine le poussa hors de sa cabine en lui donnant une grande tape dans le dos. Le prince courut sur le pont comme un fou, bousculant les matelots sur son passage, et s'assit sur un tas de cordages là même où il s'était tenu la veille. Mais cette fois il ne contempla pas la lune qui voguait dans le ciel, pas plus qu'il n'écouta le clapotis des vagues, tout à la pensée de la blanche silhouette qui allait lui apporter le bonheur.

Courte fut son attente, car déjà la belle esclave s'avançait sur le pont, légère; mais elle ne fit que passer à ses côtés, laissant tomber à ses pieds un petit paquet que le jeune homme s'empressa de ramasser. A peine eut-il le temps de s'en saisir, la jeune fille avait disparu, et il resta seul, le paquet à la main. Il courut l'ouvrir dans sa cabine, et voyez sa surprise d'y trouver un magnifique collier de fleurs de jasmin dont le parfum était si enivrant que toutes ses pensées tristes s'en furent sur-le-champ.

Le prince porta le collier à ses lèvres et le baisa avec effusion. Un petit papyrus accompagnait le bijou, et les mots qui s'y trouvaient écrits jetèrent Fleur d'Amour dans une méditation profonde...

« A la septième heure de la pleine lune, les maîtres dorment et les esclaves veillent. Heureux alors celui d'entre les hommes libres qui brave le sommeil et s'en vient d'un pas léger rejoindre l'esclave qui l'attend! Le jasmin est une fleur périssable aux yeux des mortels mais ne flétrit jamais pour l'amant fidèle. Son parfum apporte le bonheur et la félicité à celui qui le sait respirer à son heure! »

Fleur d'Amour relut à trois reprises le message avant qu'il n'en pénétrât tout le sens. Il ne quitta son appartement qu'à l'heure de sa course. Il embrassa une fois encore le collier de jasmin, présent de sa belle. Enfin, à l'aide de sa clef, il entra dans la cabine aux bagages, mit son oreille à la porte, et n'entendant aucun bruit, pénétra chez sa belle amie.

Une lumière bleue, très douce, y régnait et des parfums rares brûlaient dans des kabouschkas d'or posées parmi les vases chinois porteurs de fleurs étranges qui versent au cœur des amants des rêves délicats. De vastes tentures de soie masquaient les portes et les hublots. Tout était amour. Quand le regard du jeune homme atteignit le lit de la belle esclave, il la découvrit qui l'attendait sans voiles, nonchalamment étendue sur une peau de tigre.

A sa vue, la flèche de son désir rompit ses amarres et s'agita violemment. Le regard de la belle se porta aussitôt à son endroit, et d'une main prévenante elle releva ce qui était à relever et défit ce qui était à défaire. La flèche devint sabre, que de sa main elle se mit à caresser délicatement. Les attouchements de la jeune fille imprimèrent bientôt au corps du jouvenceau un mouvement pareil à celui des roseaux sous le vent, puis soudain sa bouche plongea vers la fleur du plaisir, épanouie, et ses lèvres chercheuses et avides burent le nectar de la félicité. Enfin, comme une abeille à cheval sur la fleur y butine la rosée, la bouche collée à celle de l'adolescente, la mordillant de baisers tandis qu'un peu plus bas son aiguillon allait et venait en sa corolle, ouvrant en elle ce qui était à ouvrir et brisant ce qui était à briser, Fleur d'Amour aima la belle esclave. Ils s'aimèrent jusqu'à l'épuisement de leurs forces, sans pour cela que leur désir s'atténuât. Pourtant, quand l'aurore fit pâlir la clarté bleue de la chambre, Fleur d'Amour dut sauter à bas de son coursier et s'en aller sur la pointe des pieds par où il était venu, laissant sa monture épuisée.

RÉCIT DE LA BELLE ESCLAVE

Fleur d'Amour dormit toute la journée et ne s'éveilla qu'au soir. Mais il se mit à table avec ses compagnons de voyage et dîna de fort bel appétit. Puis il se promena sur le pont en attendant la nuit. Le navire voguait sur une mer calme, les voiles gonflées par un bon vent. Lorsque le croissant de la lune apparut à l'horizon, le jeune homme descendit dans sa cabine, prit la clef et s'enfuit retrouver Gamila. Elle était couchée sur son lit en désordre, le visage en pleurs, et quand il fut auprès d'elle il remarqua avec horreur que son corps était zébré de coups qui l'avaient mordue jusqu'au sang. Fleur d'Amour baisa les blessures de la jeune femme avec tendresse et voulut apprendre de sa bouche la raison de ce traitement infâme.

Mais l'esclave ne cessait de pleurer et le jeune homme n'en put tirer la moindre explication... Il choisit un baume efficace dont il couvrit les plaies de son amie, et tira de son sein le collier de jasmin pour le présenter à ses yeux. L'effet fut immédiat, car aucun mal ne résiste à la beauté des fleurs dont le bijou était fait, de même que nulle peine ne dure à leur vue. La belle esclave attira Fleur d'Amour dans ses bras et le tint longuement embrassé.

Quand il la vit un peu remise de sa peine, il pria sa compagne de lui apprendre tout ce qui venait de lui arriver.

Gamila lui répondit d'une voix faible :

– Ami, mieux vaut, puisque tu le veux, que je te raconte mon histoire dès le commencement, sinon le présent épisode te paraîtrait obscur. Tu vas entendre une suite d'aventures étranges, mais je puis t'assurer que je n'ajouterai rien à la rigueur des faits...

Apprends donc, ô ami, que je suis la fille du roi de l'Ile Heureuse. Je fus élevée au palais du roi mon père avec tous les égards dus à ma condition, et des maîtres savants m'enseignèrent la théologie, la philosophie et l'histoire. J'appris la science des lignes et celle des nombres. Les artistes les plus célèbres de ce temps m'initièrent à la musique, au chant et à l'art des vers.

Lorsque j'atteignis ma seizième année, plusieurs princes des royaumes voisins me demandèrent en mariage mais mon père déclina leurs offres, me souhaitant une union plus élevée, et je ne m'en plaignis par car je préférais le culte de l'art à celui qu'exige un époux.

Mais un jour, un jeune homme fort beau quoique pauvrement vêtu et n'ayant ni or ni bagages vint en notre cité. Il arrivait chez nous à la suite d'aventures nombreuses qu'il serait trop long de raconter ici. Et le premier jour qu'il passa à l'Ile Heureuse, le destin voulut qu'il sauvât de la mort trois courtisans du palais qui se noyaient dans le fleuve. Apprenant son courage, mon père le manda auprès de lui, et le trouvant beau et d'une intelligence remarquable, il en fit son chambellan, charge qui se trouvait vacante.

Or, il nous fut donné de nous rencontrer et il me plut si fort que je me décidai bientôt à le lui faire savoir. Je lui envoyai une de mes esclaves porteuse d'un billet lui disant mon amour pour lui. Je suivis même l'esclave qui allait lui remettre mon message afin de guetter sur son visage l'effet de ma déclaration. Mon esclave s'acquitta fort bien de sa commission et le chambellan eut à peine reçu le billet qu'il l'ouvrit afin de le lire. Mais je le vis pâlir et porter la main à son front tandis que ses yeux témoignaient d'un égarement total. Je ne sus si je devais attribuer son émotion au plaisir de ma déclaration ou à la crainte de déplaire au roi. Je lui fixais rendez-vous dans le jardin royal auprès du grand bassin pour le même soir à la tombée de la nuit. Il y vint et de là découlent tous mes malheurs.

Quand il fut auprès de moi, je le pris dans mes bras, ne résistant pas au feu qui me consumait. Il répondit à mes caresses et à mes baisers avec ardeur, et je vis en cela que je ne lui déplaisais point.

Nous nous couchâmes sur l'herbe au pied d'un grand cèdre et nous découvrîmes ensemble les plaisirs de l'amour que nous ne connaissions encore ni l'un ni l'autre, et l'adolescent ouvrit en moi ce qui était à ouvrir et brisa ce qui était à briser.

Mais mon père, qui chaque soir venait me souhaiter une bonne nuit avant que je m'endormisse, avait donné ordre que l'on me recherchât, troublé de ne m'avoir point trouvée dans ma chambre ni en aucune partie du palais. Il se mit lui-même à ma recherche et, pour notre malheur, il nous découvrit dans la position la moins équivoque possible. Pris d'une colère soudaine contre celui qu'il tenait pour mon séducteur, il tira son sabre et devant que je ne l'en empêchasse, lui trancha la tête. Pour moi, je fus confiée à deux esclaves qu'il chargea de me soigner. Je voulus pleurer la perte de mon ami mais mon père décida de me marier sans retard avant que mon aventure ne vînt à s'ébruiter. Je fus destinée au prince Kamerar, fils du sultan d'un royaume voisin. Les préparatifs de la noce furent hâtés et, à un mois de là, j'épousai le prince. Les fêtes et les réjouissances publiques données en notre honneur durèrent une semaine entière mais les premiers jours de notre mariage me furent un véritable supplice.

En effet, quand au soir de mes noces le moment fut venu de consommer mon union avec le prince, je m'évertuai à trouver un prétexte pour qu'il ne s'approchât pas de moi et ne découvrît point la perte de ma virginité.

Je parvins à le tenir éloigné jusqu'au septième jour, mais au huitième, mon époux m'emmena en son royaume et je demeurai seule avec lui, triste et languissante.

Une nuit que le sommeil m'avait domptée avant lui, le prince Kamerar se glissa auprès de moi, me découvrit et résolut de s'assurer de mon intégrité. Mais lorsqu'il voulut décacheter en moi ce qu'il y avait à décacheter et qu'il s'aperçut que le sceau était déjà brisé, il se mit dans une colère épouvantable et me roua de coups. Il m'eût certainement tuée si mes esclaves n'étaient accourues, car il n'osa témoigner de sa honte devant elles.

Mais dès le lendemain je fus enfermée dans une tour solitaire sous la garde d'une vieille esclave qui, une fois par jour, m'apportait un maigre repas.

Je vécus plusieurs mois ainsi et pour me distraire je chantais les plus beaux chants que je connaissais, mais les oiseaux du ciel qui passaient devant ma lucarne étaient seuls à les entendre et à les goûter.

Cependant la nouvelle de ma disgrâce était parvenue aux oreilles de mon père qui en devina la cause et se décida sur l'heure à venir me délivrer avec son armée. Du haut de ma tour, j'assistai impuissante à la bataille qui le mit aux prises avec mon époux, le prince Kamerar. L'issue du combat demeura longtemps indécise. On se tuait hardiment des deux côtés. Le choc des sabres et le cliquetis des épées accompagnaient le tumulte sourd du galop des chevaux. A la tombée de la nuit les deux armées campèrent sur leurs positions et quand l'aube parut, je vis au loin un nuage de poussière flotter sur la plaine. Une autre armée accourait mais je ne savais pas auquel des deux camps elle allait porter assistance. Le combat reprit avec acharnement jusqu'au moment où les chefs des deux armées en présence aperçurent à leur tour l'arrivée de la troisième. Or il se trouvait que le nouvel arrivant n'était autre qu'Omar Ibn Al-Hamer, sultan d'Égypte et père du jeune étranger que mon père avait élevé à la charge de chambellan avant de le tuer, comme je viens de le narrer.

Omar Ibn Al-Hamer était en route depuis une année à la recherche de son fils lorsqu'il avait appris sa venue en notre royaume et sa mort, dont j'avais été cause. Il avait décidé de tirer vengeance de mon père apprenant qu'il se battait contre mon époux qui me tenait prisonnière.

Omar Ibn Al-Hamer avait donc entrepris de vaincre l'un et l'autre et de me délivrer en souvenir de son fils.

Il battit les troupes de mon père et extermina celles du prince Kamerar. Puis il me délivra et me combla d'honneurs. Il voulut enfin apprendre de ma propre bouche la mort de son fils, et je lui en fis le récit en m'efforçant de tourner l'histoire à mon avantage. Je n'y réussis que trop bien.

Ibn Al-Hamer investit la capitale du prince Kamerar. Après quoi il soumit le royaume de mon père, et comme je le suppliai de lui laisser la vie sauve, il me l'accorda.

De jour en jour son amitié et son attachement pour moi se faisaient plus intimes, jusqu'au jour où avec sa franchise brutale il me déclara :

– Tu fus la maîtresse de mon fils bien-aimé, tu sera la mienne en souvenir de lui!

Il ne me demanda pas mon avis car c'était un prince violent et lorsque je tentai de me dérober en lui parlant de ma tristesse et de l'amour que je gardais à son fils, il m'attira contre lui, arracha mon voile et mes robes et me monta comme un hardi cavalier fait de son coursier. Notre chevauchée dura toute la nuit, et son étreinte, qui me parut d'abord brutale, ne tarda pas à me brûler d'une ardente volupté. Je m'abandonnai totalement à ses assauts et à ses caresses.

Maîtresse d'Omar Ibn Al-Hamer, je le suivis partout. C'était un prince conquérant, vivant continuellement au milieu de son armée et ne se reposant que peu de temps après ses victoires dans les cités qu'il avait conquises. Je vécus dans son sillage une vie de chevauchées continuelles et d'aventures fantastiques. Les champs de bataille me grisaient à l'égal de l'amour de mon maître et je devins en peu de temps une amazone intrépide, son égale en adresse et en bravoure.

Les soirs de triomphes, nos étreintes étaient âpres et sauvages comme le destin qui nous poussait toujours en avant. L'ivresse du vin s'unissait à notre volupté parmi les chants virils de nos guerriers qui violaient et pillaient l'ennemi que nous venions de vaincre. Et comme Ibn Al-Hamer se réservait les plus belles vierges et les forçait sans scrupules à servir ses passions sauvages, je m'empalais de même aux zebs des plus fiers guerriers vaincus, que je châtrais après en avoir joui pour qu'ils ne puissent plus servir à personne.

Le lendemain la chevauchée reprenait de plus belle vers un royaume plus riche, à la rencontre d'une armée plus puissante encore.

Ibn Al-Hamer m'offrit de nombreux présents, et un jour qu'il se trouvait particulièrement heureux, il me mit ce collier de jasmin autour du cou : ce collier dont je te fis don! C'était là son talisman, la source de son courage indomptable, car ce bijou bannit chez celui qui le porte toute anxiété, toute tristesse et toute douleur, et il décuple ses forces en même temps qu'il réjouit son cœur.

Mais les années de bonheur ne durent pas éternellement et les victoires d'Ibn Al-Hamer allaient prendre fin. Lors d'une bataille qui mit aux prises notre armée et celle du puissant sultan de Bagdad, Ibn Al-Hamer fut blessé. Quand je le vis tomber, je pris la tête des troupes et vainquis l'adversaire après trois journées de dure bataille. Mais lorsque les derniers ennemis furent occis ou qu'ils eurent pris la fuite, je retrouvai mon ami mort entre les bras de son fidèle écuyer.

Toute l'armée prit le deuil de son sultan qui vingt années durant l'avait conduite de victoire en victoire. Mais des rivalités éclatèrent bientôt entre les grands officiers et la troupe se partagea suivant l'influence de l'un ou de l'autre selon le goût de chacun des hommes.

Je demeurai seule à la tête de quelques officiers

loyaux et d'une petite cohorte de bons guerriers. Nous partîmes vers l'Égypte, mais une épidémie s'abattit sur nous et pas un homme n'en échappa.

Seule épargnée par le fléau avec Vent, mon coursier fidèle, je voyageai plusieurs semaines sous des habits d'homme, vivant de l'hospitalité des gens que je rencontrais, dormant à la belle étoile ou dans quelque caverne désertée des fauves.

Mais un jour, Vent mourut, harassé de fatigue, et je dus poursuivre ma route à pied. Une nuit que je m'étais endormie profondément, des marchands perses m'enlevèrent après avoir tenté de me violer et me conduisirent en ville où ils comptaient me vendre un bon prix. Je fus exposée au marché des esclaves où les marchands purent m'examiner à loisir, tous m'estimant fort cher.

Un prince jeune et beau qui passait par là me remarqua et m'acheta immédiatement. Il me conduisit en son palais et me donna des esclaves pour me servir.

A ma vue, il était tombé éperdument amoureux de ma beauté et lorsque je lui eus raconté ma vie passée, il décida de m'affranchir et de m'épouser. Tous ses amis le louèrent de son bon goût et je vécus à nouveau honorée et aimée.

Aslem, c'était là le nom de ce prince, avait toutes les qualités qu'une femme est en droit d'attendre de son époux fors une : il était d'une jalousie féroce. Je m'efforçai de ne pas éveiller ce défaut en lui et de me conduire en toutes choses de telle façon qu'il n'eût qu'à se louer de moi.

Mais notre destinée est écrite et nous n'y pouvons rien ajouter ni retrancher... Il advint donc qu'un jour un marchand vint au palais et qu'il proposa à mes suivantes une collection d'étoffes si belles et si riches qu'elles la jugèrent digne de m'être présentée. J'acceptai de voir ce marchand qui me montra en effet quelques tissus admirables et me proposa de lui rendre visite en sa boutique où, m'affirmait-il, il en avait d'autres à ma disposition, mieux dignes encore de moi par leur somptuosité et leur richesse. Je me laissai tenter et m'y rendis le lendemain, accompagnée d'une seule de mes suivantes, mais sans que j'eusse avisé mon époux de cette innocente absence.

Le marchand me reçut fort courtoisement et m'offrit le thé dans son arrière-boutique tandis que l'un de ses commis me montrait les étoffes. Elles étaient d'une beauté rare et je ne pus m'empêcher d'en commander un lot que je priai le vendeur de me faire porter en mon palais le jour même.

Lorsque je lui demandai de me dire le prix de ces marchandises afin que je pusse l'en payer, le visage du marchand s'empourpra et il me fit signe de le suivre dans la pièce d'à côté.

– Ô princesse, me dit-il, je ne saurais accepter en paiement de ces étoffes, d'un prix inestimable, qu'un baiser de vos belles lèvres et le droit de vous le rendre.

Et joignant le geste à sa demande, il m'embrassa sur la joue devant que je m'en défendisse. Mais au même instant la tenture s'écarta violemment et le prince Aslem mon époux parut, car il me cherchait partout dans le souk. Il vit l'acte audacieux de ce misérable et le trouble qui m'avait envahie. Il ne douta point que je ne fusse coupable, et tirant un poignard de sa poche, il en frappa mortellement le marchand; puis se tournant vers moi et m'arrachant mes voiles, il me frappa à l'épaule de son arme, me marquant pour toujours. Voilà l'origine de la cicatrice que je porte encore à mon épaule...

Le prince m'emmena ensuite dans son palais et m'y fit soigner par une esclave habile.

La douleur que me causait ma blessure m'avait

fait perdre connaissance. Lorsque je repris mes esprits, le prince était en conversation avec son intendant auquel il donnait instruction de m'emmener en une ville voisine et de m'y vendre au souk, afin que jamais plus je ne reparusse à ses yeux. Puis il me répudia par trois fois selon la formule et s'en fut, animé du plus grand courroux.

Je pleurai longuement, affligée de ce nouveau coup du destin, et dus enfin suivre l'intendant où il voulut bien me conduire.

Je me retrouvais aussi pauvre et malheureuse qu'à l'instant où Alsem m'avait tirée de mon accablement. Je n'avais pour toute richesse que le collier de jasmin du sultan Omar Ibn Al-Hamer, mais sa vue chassa bientôt toutes mes sombres pensées et le sourire ne tarda pas à refleurir sur mes lèvres. Une nuit que nous campions dans un lieu écarté, l'intendant voulut m'obliger à accepter ses faveurs. Comme je résistais à ses avances, il me fit lier par deux esclaves, me battit jusqu'au sang et me prit de force.

Le sourire ne quittait point mes lèvres malgré ses coups et ses violences, effet miraculeux de mon collier. Il tenta de me le ravir, ce qu'il ne pouvait pas, car il eût fallu qu'il me tuât pour le séparer de mon cou. Mais il ne put se résoudre à cette extrémité, craignant la colère de son maître s'il ne lui rapportait pas l'argent de ma vente. Il se contenta de redoubler de coups, et eut bien soin de me violer de la sorte chaque soir, tout le temps que dura notre voyage.

Au marché d'esclaves de Soukhr, il me vendit au marchand auquel j'appartiens présentement, non sans l'avoir instruit de la valeur du collier que je portais. De ce fait mon nouveau maître me paya davantage, mais de ce jour il tenta à son tour de me ravir mon talisman, par la persuasion d'abord, puis par la force.

Et lorsque ce matin il s'aperçut que je ne portais plus le collier miraculeux, il me battit de la façon la plus cruelle, voulant me forcer à tout prix de lui dire où je l'avais caché. Et cette fois, je n'avais même pas la ressource d'invoquer le pouvoir du bijou pour me soustraire à la douleur...

Voilà, ami, l'histoire véridique de ma vie et de mon destin : ce destin qui tantôt me comble de félicité, tantôt me laisse sombrer dans les malheurs les plus cruels...

LA TEMPÊTE

Lorsque Gamila eut achevé son récit, Fleur d'Amour la prit dans ses bras et la baisa longuement. Il promit à son amie de la tirer des griffes de l'infâme marchand et ils s'aimèrent avec fougue, oubliant leur détresse et leurs malheurs passés.

A l'heure où le ciel commençait à pâlir, Fleur d'Amour décida d'enlever Gamila à l'instant même. Il pria la jeune fille de se vêtir tout de suite, de se cacher sous un voile sombre et d'emporter ses objets personnels. Puis il l'emmena en son appartement, ayant veillé à refermer soigneusement toutes les portes après lui afin que nul ne se doutât du chemin que la jeune fille avait pris pour s'enfuir.

Il installa la belle enfant chez lui en lui ménageant une retraite sûre au fond d'une sorte d'alcôve dissimulée dans la paroi de sa cabine et qui n'avait encore servi qu'aux bagages.

Le jour venu, le jeune prince s'en fut trouver le capitaine et lui conta tout ce qu'il savait de la belle esclave et ce qu'il avait fait. Une ombre soucieuse passa sur le visage de son ami, qui pourtant ne le blâma nullement de ses actes. Il le pria seulement de cacher la jeune fille de telle sorte que nul ne pût soupçonner qu'elle fût encore en vie. Puis tous deux se rendirent à la salle à manger où les passagers étaient déjà réunis pour le premier repas. Ils échangèrent le salam avec chacun de leurs compagnons, sur quoi le capitaine prit la parole d'une voix pleine d'émotion :

– Amis passagers, un drame eut lieu cette nuit. Une jeune femme que je ne connaissais pas s'est noyée. Malgré l'arrêt du bateau et de minutieuses recherches, rendues difficiles par les ténèbres, les matelots n'ont pu repêcher la malheureuse. Je voudrais que celui ou ceux d'entre vous qui savent de qui il s'agit me le disent.

A ces mots du capitaine, le marchand de Bagdad se précipita vers son appartement comme un forcené et revint l'instant d'après, les traits bouleversés, hurlant que son esclave avait disparu. Il gémissait que c'était pitié de l'entendre! Il voulut exiger du capitaine que l'on rebroussât chemin afin de voir sur les lieux même si la jeune fille n'avait pas survécu. Mais le commandant lui répliqua que cela n'était pas possible, car le vent fraîchissait et qu'avant la fin de la journée une tempête dont on ne pouvait deviner la force rendrait la navigation difficile.

Parmi les voyageurs, il en fut quelques-uns qui riaient sous cape de la mésaventure du marchand, d'autres qui le plaignaient. Mais nul, même pas le marchand, ne se douta de la vérité ni n'eut l'idée d'entreprendre des recherches à bord.

Fleur d'Amour courut embrasser son ami qui venait de le tirer d'affaire et s'en fut retrouver la belle esclave.

La mer cependant devenait houleuse et d'heure en heure s'agitait davantage. Enfin des vagues blanches d'écume parurent à l'horizon, le ciel se couvrit de nuées et un vent violent se mit à souffler dans le gréement. Les matelots se hâtaient de ramener la voilure et amarraient soigneusement tout objet mobile tant dans la cale que sur le pont. Les passagers quant à eux se retirèrent dans leurs cabines. Fleur d'Amour apporta à Gamila un plateau chargé de victuailles car le marchand l'avait laissé jeûner. Il lui apprit dans le même temps sa délivrance et le stratagème dont le capitaine avait usé pour éviter que le marchand ne la recherchât. Les jeunes gens étaient heureux et riaient de leur bonheur retrouvé. La mer pourtant se faisait de plus en plus grosse et le voyage menaçait de devenir incommode. Vers le soir, la situation avait tellement empiré que le capitaine fit appeler tous les voyageurs et leur dit :

– Passagers, la tempête se déchaîne sur notre vaisseau et nous n'en serons bientôt plus maîtres. Allah seul peut encore nous diriger vers des eaux plus calmes. Notre vie repose entre ses mains, fions-nous à lui seul, car les hommes ne peuvent plus rien. D'un seul souffle, il peut augmenter la vigueur du vent, d'un seul geste, il peut l'apaiser. Souvenons-nous de ce que nous sommes :

Le vaste monde : un grain de poussière dans l'espace,
Toute la science des hommes : des mots.
Le peuple et les bêtes des sept climats : des ombres.
Le fruit de ta méditation perpétuelle : rien!

Les femmes et les enfants pleuraient et hurlaient, les hommes se lamentaient sur leur destinée. Le marchand de Bagdad jurait et blasphémait à tel point qu'on crut qu'il devenait fou.

Après la perte de son esclave, il risquait en cas de naufrage de perdre toute sa cargaison d'or et de pierreries! car l'on sait que la vie ne compte pour un marchand qu'en fonction de la richesse qui l'accompagne.

A la tombée de la nuit, la fureur du vent arracha les derniers lambeaux de voiles qui flottaient encore aux vergues. Quelques instants plus tard, le grand mât s'abattit de lui-même sur le pont dans un fracas épouvantable, ouvrant une brèche par laquelle les flots déchaînés s'engouffrèrent, inondant les cabines. Deux marins périrent emportés par les vagues. Nul à bord qui ne se sentît durement éprouvé et qui ne songeât que sa dernière heure était venue. Ballottés d'un coin à l'autre de leur cabine, les voyageurs gisaient pêle-mêle, les uns atteints de mal de mer, les autres déjà sans connaissance.

Seuls, au milieu des éléments en furie, Fleur d'Amour et Gamila s'aimaient sans contrainte, comme si la tempête n'existait pas et que leur bonheur dût toujours durer.

Dehors, le vent mugissait et les bois du navire craquaient de toutes parts, mais le prince caressait les seins de la jeune fille et buvait à ses lèvres parfumées sa salive de miel. Et lorsque sa gazelle ardente cessait de s'ébattre dans le palais de la volupté et que Gamila s'offrait encore, il mordait sa chair à belles dents tandis qu'elle prenait sa flèche amoureuse entre ses mains et, la caressant avec tendresse, la bandait à nouveau comme un arc.

La tempête dura trois jours et trois nuits, sans qu'elle perdît de sa violence. Elle détruisit tout ce qui pouvait être détruit. Et au matin du quatrième jour, quand les flots peu à peu se calmèrent, le navire qui il y a quelques jours encore voguait toutes voiles au vent n'était plus qu'une épave flottante, sans mâts ni voilure, dérivant au hasard des courants, privé de vigie et de gouvernail.

Le soleil apparut enfin entre les nuages mais la situation des voyageurs était précaire. Une grande partie des vases renfermant l'eau et le vin étaient brisés et les réserves de vivres étaient endommagées par l'eau salée. Il n'y avait aucune terre à l'horizon et Fleur d'Amour et ses compagnons risquaient fort de n'arriver plus nulle part, voguant sur leur épave, ballottés au gré des vents et des marées, bientôt promis à mourir de faim et de soif dans l'épouvante.

Le capitaine, sage et prudent, ordonna des corvées à chacun, car il fallait évacuer l'eau de mer en toute hâte et boucher au moins quelques voies d'eau qui s'étaient ouvertes dans la coque et sur le pont. Puis il fit le compte de l'eau et des vivres et fixa à chacun une ration journalière équitable.

Tous les passagers se soumirent à ces décisions de bonne grâce, fors le marchand de Bagdad qui ne cessait de jurer, de pester et d'insulter ses compagnons, les rendant responsables de son malheur. Il accusa même le capitaine de négligence et refusa toute corvée et tout rationnement.

Le vaisseau erra dix jours sans croiser nulle terre, sans qu'aucune voile apparût à l'horizon. Les vivres s'épuisaient et l'eau allait manquer tout à fait. Le capitaine avait de la peine à réprimer le mécontentement grandissant de ses matelots devant les libertés que prenait le marchand, qui bousculait tout le monde et faisait dérober par ses esclaves des suppléments de vivres et d'eau auxquels il n'avait pas droit. Plusieurs d'entre ces marins ne se cachaient d'ailleurs pas de convoiter les richesses immenses du marchand, et pour s'en emparer étaient prêts à se mutiner.

Un jour, trois matelots enfoncèrent la porte de la cabine où l'imperturbable négociant se reposait et s'emparèrent de sa personne. Ils le traînèrent sur le pont et, le prenant l'un par les pieds, l'autre par les épaules, ils le jetèrent à la mer. Le malheureux hurla mais l'eau étouffa ses cris aussitôt. Trois fois l'on vit son corps reparaître à la surface des flots, puis il disparut à jamais.

Le capitaine était arrivé trop tard pour empêcher le crime, mais il ordonna, sitôt qu'il l'apprit, que l'on coupât la main droite des assassins. Les esprits étaient tendus, l'air était lourd. Quelques marins déjà étaient descendus dans la cale et pillaient les marchandises et les biens du marchand. Les hommes qui avaient reçu l'ordre d'exécuter la sentence du capitaine se récusèrent. Ce dernier tenta de les faire rentrer dans l'obéissance le sabre à la main, mais devant que les passagers eussent pu les en empêcher, les mutins l'avaient désarmé et l'eurent bientôt frappé à mort.

Le désordre grandissait et les hommes ne tardèrent pas à se battre entre eux autour des trésors qu'ils s'étaient appropriés. Quelques femmes furent violentées tandis que les derniers fûts de vin étaient éventrés par un groupe de matelots qui burent jusqu'à l'ivresse.

Fleur d'Amour, entendant un tumulte et des éclats de voix inaccoutumés, était monté sur le pont pour voir ce qui se passait. Mis au courant des événements par l'un des passagers qui, mourant de peur, courait se réfugier vers sa cabine, il tira son sabre et s'élança sur le pont. Quelques passagers se rangèrent à ses côtés. Les mutins firent mine de se défendre, mais le prince fit tournoyer son sabre dans sa main et jeta pardessus bord tous ceux qui lui résistaient. Quand l'ordre fut rétabli, il mit à mort de sa propre main les responsables du massacre et les fit jeter aux requins. Puis il prit le commandement du navire. Il rassembla les passagers et les matelots qui étaient encore en vie et leur tint ce discours :

– Amis, nous voici tous frères, unis par un destin commun. Nul ne sait ce que l'avenir nous réserve, et nous ne savons pas qui de nous échappera à la mort qui nous guette de tous côtés. Mais ce qui doit nous arriver est déjà écrit et nous ne pouvons échapper à notre destinée. Il nous reste de l'eau et des vivres pour quelques jours encore si nous en usons avec modération. Nous partagerons avec équité, mais celui qui tentera de léser son prochain sera jeté à la mer, impitoyablement. Et maintenant, que ce soit à la grâce d'Allah!

Dans le sillage de l'épave, la troupe des requins grossissait, et quand ils eurent dévoré les cadavres des hommes jetés à la mer, ils s'approchèrent encore un peu plus, flairant la mort.

Chacun s'était retiré dans sa cabine, épuisé, attendant le miracle impossible d'une terre apparaissant soudain à l'horizon. Le vaisseau erra ainsi des jours et des nuits, bateau fou dérivant sous un ciel de feu ou sous une lune inclémente. L'eau et les vivres s'épuisèrent. Les hommes rongèrent les boiseries, se traînant sur le sol, hallucinés par la faim et la soif. Parfois l'un ou l'autre, mû par un reste d'espoir, montait sur le pont brûlant et regardait une dernière fois l'horizon. D'autres, devenus fous, usaient leurs dernières forces dans la contemplation stérile des trésors d'or et de pierreries qu'ils avaient pillés et pleuraient d'impuissance avant de retomber inanimés, leurs mains recroquevillées sur un diamant ou un lingot.

Des vautours surgirent enfin et se mirent à tournoyer en vastes cercles concentriques au-dessus de la carcasse du navire, poussant de temps à autre un cri si horrible qu'il figeait dans leurs veines le sang des rescapés.

Puis la mort recommença son œuvre. Un matin, deux hommes et une femme qui s'étaient glissés sur le pont et n'avaient vu que l'horizon vibrant comme un univers en folie furent déchiquetés par les rapaces sous les yeux de leurs compagnons impuissants. Fleur d'Amour gardait encore une certaine conscience faite de l'espérance qu'il avait rivée en lui et de la présence de Gamila, si faible et si frêle, qu'il avait juré de défendre et de sauver. Mais la jeune fille était déjà plongée dans une inconscience totale, à mi-chemin de la mort.

Lorsqu'il entendit le cri sinistre de vautours, le prince reprit courage : en effet, c'était là un signe certain de la proximité du rivage, car jamais ces oiseaux ne s'aventurent au large. Mais bientôt, des cris rauques et bestiaux l'arrachèrent à ses pensées, et quand il se fut aventuré hors de sa cabine, un spectacle d'épouvante s'offrit à ses yeux.

Quelques passagers, dans un état de folie totale dévoraient à belles dents la chair d'un de leurs compagnons qui venait de rendre l'âme. Fleur d'Amour ne put s'opposer à cet acte odieux qu'en frappant de son épée ces hommes que la faim rendait à l'état de bêtes, mais avant qu'il ait seulement pu leur faire rendre raison, leurs compagnons se jetèrent sur ceux qu'il venait de frapper et se mirent à boire leur sang avec avidité.

De guerre lasse, Fleur d'Amour se retira dans son appartement et s'y barricada. Puis l'oubli s'empara de son esprit et il demeura plusieurs heures, plusieurs jours peut-être, dans une inconscience totale. Lorsqu'il se réveilla, brusquement arraché à un sommeil peuplé de cauchemars, il perçut de violentes secousses; les lames secouaient brutalement le bateau car le vent, à nouveau, soufflait en tempête.

Soudain un grand choc ébranla la carcasse du navire, où l'eau pénétra de toutes parts. Le prince n'eut que le temps de prendre Gamila dans ses bras et de la porter sur le pont avant qu'il ne soit trop tard. Un instant après, les flots déchaînés submergèrent les quelques rescapés de la faim et ce qui restait du bâtiment.

Fleur d'Amour voulut gagner la côte à la nage et réussit à s'agripper tant bien que mal à une planche qui flottait, tout en soutenant sa compagne qui n'avait pas encore repris connaissance.

Emporté tantôt par les courants, tantôt par les vagues, livré à la dernière incertitude quant à sa destinée et presque à bout de forces, le prince s'aperçut enfin qu'il était assez près de la terre. Il s'en approcha en se servant de sa seule main libre et parvint de la sorte tout près du rivage, en un endroit où la mer était plus calme et où son pied put toucher le fond.

Mais en s'avançant dans l'eau pour gagner la

grève, il fut fort surpris de voir une nuée d'oiseaux grands et petits voleter autour de lui, qui le pressaient si fort qu'ils semblaient vouloir l'empêcher de prendre pied.

Il eut toutes les peines du monde à s'en défaire, et quand il parvint à la fin sur la terre ferme, ce qui lui restait de force l'abandonna soudain, et il s'écroula sur le sable aux côtés de Gamila.

LES AMOURS DE LA GÉANTE AMGIADBOUDOUR

Quand Fleur d'Amour reprit connaissance, il n'avait plus mémoire de ce qui lui était arrivé. Gamila gisait morte à ses côtés et le jeune homme s'étonnait de la voir étendue là, à demi dévêtue, son visage d'une beauté si parfaite lui souriant encore, nullement éprouvé par les flots.

A son doigt il voyait briller une bague d'or, gardienne d'un merveilleux rubis. Il la retira de la main de la jeune fille et la mit à la sienne.

Comme il se relevait, il sentit à son cou le collier que Gamila lui avait offert et le souvenir de son aventure passée lui revint peu à peu.

Autour de lui la plage semblait déserte mais du lointain, apportés par le vent, lui parvenaient de vagues sifflements qui, de minute en minute, se précisaient. Soudain, il vit apparaître un animal horrible tenant à la fois du reptile et de l'oiseau de proie : un corps de serpent avec une crête épineuse sur le dos, des ailes d'écaille et des pattes porteuses de griffes aussi larges et acérées que la lame d'un couteau. Et cet animal s'approchait de lui, lançant des flammes de sa gueule immonde et répandant une odeur tellement abominable que Fleur d'Amour en faillit suffoquer.

Le jeune homme ne savait encore pas où fuir lorsqu'il s'aperçut que ce monstre n'était point seul mais que de tous côtés, du même pas pesant, il en arrivait de semblables.

Une seule issue lui demeurait ouverte : la montagne qui se dressait derrière lui, abrupte mais sans doute point inaccessible. Il prit le corps de Gamila dans ses bras et, avec une peine infinie, se mit à escalader les rochers, s'élevant peu à peu hors de portée des bêtes affreuses qui sans cela l'eussent brûlé ou dévoré vif.

La première paroi gravie avec difficulté, la pente se présenta plus douce et le prince put prendre quelque repos. Si son corps avait repris quelque vigueur depuis le naufrage, son cœur se trouvait fort en peine de la mort de Gamila et de la situation cruelle dans laquelle il se trouvait. Une faim et une soif terribles lui déchiraient le palais et l'estomac mais il ne voyait nulle source à laquelle se désaltérer et nul aliment pour calmer son appétit.

Il reprit néanmoins sa course, car il savait que les lamentations ne servent à rien puisque tout n'advient que par la volonté d'Allah. Au bout d'une centaine de pas, il fut obligé de s'arrêter encore, car le seul chemin praticable qu'il avait devant lui était parsemé de débris de verre tranchants. Fleur d'Amour n'avait plus de chaussures depuis que la mer les lui avait enlevées; il ne s'engagea sur cette voie que poussé par la nécessité d'échapper aux monstrueux animaux qui déjà reparaissaient derrière lui.

Le verre l'écorcha cruellement et il eût certainement hurlé de douleur s'il en avait encore eu la force, mais la vue des monstres l'avait épouvanté à tel point qu'il avançait malgré tout tant bien que mal, au risque de perdre tout son sang avant que d'arriver en un lieu plus tranquille.

A l'instant où il allait s'écrouler de faiblesse en abandonnant le corps de Gamila, il aperçut non loin de lui un torrent de feu qui lui barrait la route. Sur le torrent flottait un grand radeau de cristal nullement éprouvé par l'ardeur des flammes et qui semblait l'attendre. Il s'y laissa choir et un étrange calme envahit aussitôt tout son être. L'oubli prit place en lui et l'extrême excitation de sa volonté et de son énergie disparurent subitement.

A peine y était-il installé que le radeau rompit ses amarres et se mit à voguer sur la rivière de feu : il s'engagea bientôt après sous une voûte phosphorescente où d'étranges êtres pareils aux djinns et aux efrits hurlaient d'épouvante, tout comme si la montagne se fût effondrée sur eux. Le prince pouvait entendre leurs ricanements sinistres et distinguer leurs voix :

– Ha ha! Hou hou! Ouououououh! Voici le pays des morts! Enfin une âme, une âme! Ouh! Ouh! ouh! Ouakh! Ouououh!

Rempli de terreur, Fleur d'Amour demeurait immobile tandis que le radeau dansait sur les flots ardents qui ne le consumaient point.

Lorsqu'il déboucha de la voûte, le paysage qui parut à ses yeux offrait l'aspect le plus étrange, le plus fantastique. Cette fois le jeune homme fut certain que tout cela n'était qu'un affreux cauchemar et il tenta de se réveiller. Mais tout ce qu'il voyait et ressentait était parfaitement réel, car son destin l'avait conduit en l'île de Kardenah où des hommes morts depuis des centaines d'années attendent sous la garde de géants de renaître à la vie.

Il se trouvait dans une vallée riante où chaque arbre, chaque pierre, chaque fleur n'était qu'une apparence musicale. Le jeune homme ne voyait pas les choses, il les entendait par les yeux ou, plus exactement, chaque objet frappait son regard par l'ouïe et cette sensation lui était tellement insupportable qu'il faillit se jeter dans le torrent de feu pour échapper à cette hallucination.

Peu à peu le mirage s'atténua et des visions différentes succédèrent au cauchemar des sons. Mais une fois de plus tout se trouvait travesti et comme frappé par la baguette d'un enchanteur : les arbres étaient rouges, l'herbe violette, les rochers blancs, le ciel vert; et toutes ces couleurs dansaient devant ses yeux en une ritournelle folle tandis que des voix reprenaient leurs ricanements et leurs imprécations :

– Ouououh! Ouououh! Une âme! Ouakh! Ouakh! Ahaaaouh! Ouakh! Ouakh!

Fleur d'Amour ne sut combien de temps dura son voyage mais il se rappela que le décor changea encore. Un froid intense et surnaturel succédait à la douceur du climat et ce froid au milieu de ces flammes avait quelque chose d'irréel et d'intolérable. Le paysage disparut derrière un épais rideau de nuées blanches puis bleues qui parfois se fondaient en êtres aux formes étranges dont l'aspect changeait perpétuellement, et cet immense chaos d'apparitions informes dansant tout autour de lui était près de le rendre fou.

Mais tout à coup les nuées se dispersèrent et firent place à un immense écran blanc qui se colora peu à peu en un paysage naturel, avec des collines et des prés, des arbres et des sentiers. Puis un palais de marbre rose apparut au milieu d'un grand jardin où, tranquilles, paissaient des gazelles et des biches. La rivière de feu devint une rivière normale à l'eau limpide et pure. Mais tout cela était de dimensions colossales et démesurées.

Lorsque le radeau s'arrêta de lui-même devant une petite passerelle, Fleur d'Amour en sortit tout naturellement, portant toujours le corps de Gamila. Là, sur la berge, il creusa une fosse avec des mouvements machinaux, comme s'il obéissait à une volonté extérieure à lui. Il y déposa le corps de la jeune morte, après qu'il l'eut baisée une dernière fois sur la bouche, et le recouvrit de terre.

Il roula sur la tombe une grosse pierre qui se

trouvait près de là et procéda à ses ablutions. Il se prosterna trois fois en se tournant vers la cité sainte et murmura des prières.

Mais quand il se releva, il entendit derrière lui un énorme éclat de rire pareil au grondement de mille tonnerres.

Une géante se dressait nue devant lui et le contemplait d'un œil curieux et amusé. Elle était bien dix fois de sa taille, mais ses proportions étaient parfaites. Son ventre avait la blancheur du sable sous les rayons de lune, ses yeux étaient deux planètes, sa chevelure avait la couleur des sombres nuits d'hiver et sa bouche était une grotte où brillaient des perles grosses comme des noix. Ses seins sur sa poitrine, ah houïah! étaient deux courges et ses fesses des collines chauves. Et si ses jambes étaient les deux colonnes d'un temple, leur frise abritait des ravins boisés où égarer de volupté une caravane entière de pèlerins ou un troupeau de gazelles.

– Quelle audace as-tu, gringalet, de venir te promener ainsi sur mes terres? lui dit-elle. Ne sais-tu donc pas, téméraire, qu'il t'en coûtera la vie?

– Apprenez, répliqua Fleur d'Amour en levant la tête vers elle, que ce n'est pas de mon plein gré que je me trouve ici, et si vous daignez entendre l'histoire de mes malheurs, vous vous convaincrez aisément que je suis digne de votre pitié plutôt que de votre courroux!

– Voyons cela, lui dit la géante, j'adore les aventures, mais parle fort car tu me sembles avoir reçu d'Allah une voix plus faible encore que ta taille!

La géante s'étendit sur l'herbe et pria Fleur d'Amour de s'approcher d'elle. Le jeune homme s'appuya à l'un de ses seins et entreprit de lui raconter sa longue aventure, qu'il est inutile de rappeler ici. Mais quand il en fut arrivé à l'endroit de ses amours avec Bienheureuse, la géante partit à nouveau d'un énorme éclat de rire et se trémoussa de façon si impudente que deux pets s'échappèrent de son jacopo et résonnèrent comme deux coups de tonnerre.

– Et tu veux me faire croire qu'une créature aussi chétive que tu me parais l'être peut se vanter d'avoir fait accomplir de tels exploits à son mât de volupté? Mais je veux bien parier la moitié de mon royaume et de mes fesses que ta verge n'est pas plus longue qu'un cul de papillon!

Et sur ces mots, elle partit d'un nouvel éclat

de rire, tandis qu'un autre pet ponctuait son discours.

– Approche-toi un peu, gringalet, et voyons de près de quoi tu as l'air!

Et de ses bras puissants, elle hissa Fleur d'Amour jusqu'à la hauteur de son visage et l'assit sur sa gorge, entre deux seins aussi amples que deux énormes pastèques mais parfaitement fermes et bien tournés. Elle le dévêtit en un tournemain et jeta ses habits sur l'herbe. Le voyant si petit dans son optique de géante, elle s'écria :

– Par Allah! Quel dommage que tu n'aies pas grandi davantage, car tes formes sont plaisantes! mais il te manque un peu de chair et un peu d'espace!

De ses vastes mains, elle parcourait le corps du jouvenceau d'une manière si délicate qu'il dut convenir que cela ne lui était point désagréable. Mais dans son for intérieur, il se demandait où la géante voulait en venir, et il redoutait qu'elle se montrât plus pressante car il eût préféré lutter avec vingt amazones qui l'épuisassent plutôt que d'entreprendre une joute amoureuse avec une telle femme. Mais Amgiadboudour – car tel était son nom – n'avait point terminé ses investigations, et le prince étant comme un jouet entre ses doigts, elle s'en amusait follement.

Ses caresses ne tardèrent pas à éveiller en Fleur d'Amour des sentiments voluptueux, et sous la pression des doigts de la géante son cornichon devint bientôt concombre. Elle prit celui-ci entre ses doigts et le câlina de telle sorte qu'il durcit en peu de temps à l'égal de l'acier et s'allongea démesurément. En voyant dans sa main cette arme si fragile, elle fut prise d'un nouvel accès de rire et pria le jeune homme, confus, de lui montrer comment il en faisait usage.

Fleur d'Amour se mit dans la position convenable, mais en s'y employant, sa tête arrivait à peine au nombril de la géante. Trouvant l'antre du plaisir obstrué de poils qui avaient poussé là aussi longs et enchevêtrés que les lianes dans une forêt vierge, il se fraya un passage avec son bras, ce qui eut pour conséquence d'animer fortement le corps de la géante, qui se trémoussa bientôt sous lui de belle façon, au risque de le faire tomber. Voyant que son bras était une arme beaucoup plus redoutable que sa gazelle, il en usa comme un bon guerrier en eût usé, s'escrimant avec vigueur jusqu'à ce qu'Amgiadboudour demandât grâce. Alors seulement il tenta de calmer sa propre flamme, mais il ne trouva d'autre porte à sa mesure que les narines de la géante. Les trouvant à la taille exacte de sa branche de corail, il en usa fort à son aise tandis qu'Amgiadboudour, que cet exercice enchantait, riait aux éclats. Puis il renouvela son exploit dans le trou des deux oreilles, doux épanchement qui mit en joie sa compagne, à en juger par la bruyante satisfaction qu'elle manifesta.

Las d'aimer et fatigué, Fleur d'Amour voulut se reposer, mais Amgiadboudour ne le laissa point quitte à si bon compte. Elle lui enseigna des caresses rares qui l'émerveillèrent par leur vertu et l'effet qu'il en pouvait lire sur les traits de sa maîtresse quand il en eut usé.

Et cet effet parut si surprenant à notre jeune prince qu'il fut obligé d'admettre que dans l'art d'aimer, qu'il croyait connaître si parfaitement, bien des choses lui échappaient encore.

La géante était si généreusement à sa merci qu'il entreprit de lui-même des recherches particulières sur le corps qu'elle lui offrait, mais de cela il devait se repentir aussitôt, car elle ne put, dès lors, plus se séparer de lui.

Quand le soleil disparut à l'horizon, emporté par ses coursiers fougueux, Amgiadboudour conduisit notre prince en son palais où une table royalement servie, garnie des mets les plus raffinés et des boissons les plus enivrantes, attendait les deux convives. Nul dans ce palais ne paraissait se soucier des convenances qui ont cours ailleurs : chaque être, maître ou esclave, homme ou femme, vivait nu, dévoilant à chacun ses parties les plus intimes.

Cela ne pouvait déplaire à Fleur d'Amour, qui n'avait aucune tare à cacher, mais l'étonna grandement. Il s'en ouvrit à sa compagne, qui sourit aux détours dont il usa pour formuler sa question :

– Ha ha! des vêtements? Ces chiffons sales et laids que vous autres gringalets portez sans élégance et sans beauté! Pourquoi donc cacher aux autres ce dont nous avons le plus de raisons d'être fier? Ha ha! Oui! j'en ai vu de temps à autre des hommes à ton image, fagotés plus mal que les bêtes des forêts qui elles, au moins, peuvent s'enorgueillir de somptueuses fourrures!

Après le repas, quelques esclaves de taille un peu plus modeste que celle de leur souveraine approchèrent de leurs sièges un vaste sofa dont les montants sculptés chantaient l'amour sous toutes ses formes. C'était là un meuble splendide, unique dans tout l'univers, que l'on appelait Inthora. Il portait les cent vingt images des positions amoureuses que décrit Al-Bashramar dans son « Chant des Folles Joies », et Fleur d'Amour qui jamais n'avait rien vu de pareil s'intéressa fort à ces petits chefs-d'œuvre, d'autant que dans son pays, le respect strictement appliqué des préceptes de la Sunna interdisait de telles représentations.

Le premier motif représentait le baiser de bouche à bouche, de lèvres à lèvres, de langue à langue, la gazelle s'abreuvant aux sources de la clairière.

Le second, les caresses de la main faisant œuvre de mât de volupté sans que les lèvres des amants se séparassent.

Le troisième montrait l'amant chevauchant son amante, son éperon caressant son maujoint tandis qu'il lui mordillait la nuque.

Le quatrième, le cyprès de jouvence fleurissant l'antre de Sodome.

Le cinquième, les amants grecs assis face à face, le sabre planté et les bouches unies.

Le sixième, l'Égyptienne buvant la liqueur de jouvence au goulot de la fontaine.

Le septième, l'amant de Thèbes puisant le nectar au tombeau de volupté.

Le huitième, le couple persan buvant chacun le plaisir aux sources de leurs forts, l'un à l'arbre, l'autre à la rivière.

Le neuvième, les amantes d'Anyra, aux caresses aventureuses, cueillant à leurs mamelles le léthé et l'ivresse.

Le dixième, le prince de Nichabour promenant sa branche de corail entre les deux fruits vermeils de l'adolescente.

Le onzième, les amants damascènes brandissant et caressant mutuellement leurs épées.

Le douzième, les courtisanes de Chiraz butinant de leurs langues les fleurs de leur milieu.

Le treizième, le baiser de l'Infidèle à la porte des tempêtes.

Le quatorzième, la courtisane bagdacite, une épée en sa fleur, une autre en son tombeau.

Le quinzième, les trois amants de Bassra, dont les gazelles s'ébattent dans les vallées d'ombre tandis que leurs mains caressent les collines alentour.

Le seizième, Arakour la pécheresse, dont la langue caresse une épée et dont les sillons de devant et de derrière sont labourés par deux fortes charrues.

Le dix-septième, la Grâce aux quatre amants

qui la contentent à la fois par ses quatre portes secrètes.

Le dix-huitième, Aranik le valeureux qui de ses deux mains, de sa bouche et de son sabre fait gémir de plaisir quatre belles adolescentes.

Le dix-neuvième, Amgiad, Amora et Siébiélouk, les courtisanes aux cheveux d'or dont les vagues et les profondeurs sont parcourues par vingt galères aux éperons somptueux.

Le vingtième, Ahmador le géant aux prises avec vingt adolescentes dont les corps avec peine font une gaine à son épée.

Le vingt et unième, les treize sodomites de Jeffa marchant éternellement en rond, leurs épées labourant le creux de leurs vallées.

Le vingt-deuxième, Naziad la courtisane de Trebesta qui baisait un bengala tandis que ses deux lévriers ardents caressaient de leurs langues les corolles de ses fleurs.

Le vingt-troisième, Corrarus le cavalier fougueux qui montait sa jument au galop, l'éperonnant de son zeb.

Le vingt-quatrième, le sultan de Bassra flagellé par quatre adolescents tandis que son cyprès s'abreuve à leurs fontaines.

Le vingt-cinquième, Haroun Al-Rachid le Glorieux et ses douze invités dégustant des mets merveilleux tandis que sous la table leurs esclaves jouent de leur flûte de félicité.

Le vingt-sixième, Abslem l'intrépide, dont les cinq aiguillons butinaient cinq roses à la fois.

Le vingt-septième, Bouton de Rose et Fleur d'Oranger, amants de Kairouan, qui s'aimaient, une dague plantée en leurs vallées.

Le vingt-huitième, les six esclaves de Médine jetées dans la fosse aux serpents dont l'ardente volupté les fit périr d'amour.

Le vingt-neuvième, les filles d'Adrar s'accouplant aux poissons et dont les baisers enivraient les dauphins.

Le trentième, l'adolescent de Koufa dont le corps voluptueux se laissait caresser par les trente rameaux de corail de ses esclaves.

Le trente et unième, le couple royal de Samarcande, l'homme et la femme gémissant également de plaisir sous les morsures et les coups de leurs esclaves qui copulaient en leur présence.

Le trente-deuxième, l'eunuque Onda domptant de ses caresses six reines et sultanes venues l'éprouver.

Le trente-troisième, les quatre vierges

d'Alexandrie brisant les sceaux de leur porte secrète aux croissants d'or des minarets.

Le trente-quatrième, Onan le solitaire aiguisant de sa main le plaisir de son petit frère.

Le trente-cinquième, Mahdia la pécheresse aux grenades somptueuses, qui laissait ses amants blanchir ses collines du lait de leurs gazelles.

Le trente-sixième, Zéred la sultane cul-de-jatte, offrant son orgueil aux dix-huit lances de ses guerriers.

Le trente-septième, Molouk la géante goûtant l'amour de quatre adolescents par le trou de ses oreilles et de ses narines.

Le trente-huitième, Ibycila princesse d'Espagne jouant des deux pipeaux de ses amants tandis que les bouches de ces derniers s'abreuvaient l'une à la clairière, l'autre à la caverne.

Le trente-neuvième, Sidi ben Imer le marabout qui butinait une fleur de sa bouche tandis que ses mains fourbissaient deux épées, qu'une charrue labourait la terre de son jardin et que deux lèvres, ha houïah! tiraient le miel de sa gazelle.

Le quarantième, les amants de Trézène copulant sur le sable, lui couché sur le dos, elle assise sur lui, s'empalant à son phare.

Le quarante et unième, Sidi Rejeb qui, roulé

sur lui-même, suçait à son rucher l'hydromel du plaisir.

Le quarante-deuxième, Mouloud le laboureur insatisfait copulant avec son ânesse.

Le quarante-troisième, Omar et Djémila jouissant tête-bêche, leurs langues se délectant des fruits de leurs tombeaux.

Le quarante-quatrième, les amants de Tombouctou, le corps enduit de miel, copulant sur une fourmilière.

Le quarante-cinquième, la belle Mélika se livrant sanglante aux assauts de ses amants tandis que ses esclaves la flagellaient.

Le quarante-sixième, le centenaire de Damas au membre flétri, jouissant sous les caresses de fillettes impubères...

...et tant d'autres motifs qu'il serait fastidieux d'énumérer davantage puisque tout homme les connaît, que toutes les femmes en rêvent et que les libertins en usent de toute éternité.

Amgiadboudour arracha Fleur d'Amour à sa contemplation des images sculptées et l'attira auprès d'elle sur le sofa. Ils évoquèrent, avec l'aide des esclaves, quelques-unes des images qu'ils venaient de contempler et ce fut, de mémoire de géante, la plus belle nuit d'amour qui enchanta jamais le palais d'Amgiadboudour.

Le lendemain matin, le jeune homme s'éveilla joyeusement et de fort belle humeur. Il ne s'étonna point de se retrouver couché dans un immense lit richement décoré, dressé au beau milieu d'une chambre meublée avec raffinement. Les parois étaient de cristal et seules de vastes tentures empêchaient la lumière d'envahir la pièce. Fleur d'Amour en se levant de sa couche courut les écarter et les blonds rayons du soleil l'inondèrent de clarté. Nu et beau comme un jeune dieu échappé de son Olympe, il s'étira avec délices et se plut à imaginer les chefs-d'œuvre culinaires qui devaient s'élaborer à cette heure dans les cuisines du palais, car il avait grand faim.

Comme il songeait à cela, une porte dérobée s'ouvrit, laissant passer une esclave fort bien faite qui portait un plateau chargé de friandises dont l'odeur seule pouvait réjouir le plus fin gourmet. Mais Fleur d'Amour savait apprécier à sa juste valeur la beauté d'une femme et lui rendre hommage efficacement. Aussi, avant de contenter son palais, contempla-t-il la jeune esclave... tant et si bien qu'oublieuse de la faim de son maître, sa gazelle s'agita violemment, et d'autant plus effrontément qu'aucun vêtement ne venait entraver l'ardeur de ses épanchements.

L'esclave souriante demeurait debout, ses deux seins ronds et fermes reposant sur le bord du plateau, tandis que la double colonnade de ses jambes réunies laissait entrevoir une frise sombre prometteuse de plaisirs divins.

La jeune fille, grande et mince, souriait encore quand Fleur d'Amour, soucieux davantage de l'appétit de sa gazelle que de celui de son estomac, s'avança vers elle, lui prit le plateau des mains et le déposa sur une petite table basse qui se trouvait à sa portée.

Il prit la jeune fille debout, vent arrière tout d'abord, l'éperon de sa galère labourant avec vigueur les vagues enivrantes qui se présentaient à lui, puis vent debout, le mât frémissant sous l'ouragan de son plaisir. Satisfait de ces premiers assauts, il la fit asseoir sur le lit et, de ses deux mains expertes, il dénoua les cheveux qu'elle portait en couronne sur la tête et les laissa retomber sur les épaules et sur les deux grenades roses qui s'offraient à lui. Il promena ses doigts aux endroits où le désir et la volonté s'affrontent, et de quelques caresses adroites il amena la jeune esclave à l'extrême pointe de la volupté. Il parcourut ensuite son corps de sa langue avide qui irritait la peau si agréablement que la jouvencelle en gémit bientôt de plaisir, et cette langue mit longtemps à parcourir tous les coins et les recoins, les cimes et les vallées, les cavernes et les forêts de son royaume. La belle enfant de son côté répondait si bien aux élans du jeune prince qu'il eût atteint en peu de temps le sommet de la félicité si la porte soudain ne s'était ouverte violemment et si Amgiadboudour, furieuse du spectacle qui s'offrait à elle, ne se fût jetée sur les deux jeunes gens et ne les eût battus de toutes ses forces de géante en hurlant :

– Ô traîtres, ô vils vermiceaux qui vous permettez de vous esbaudir et de copuler en mon absence, au lieu de ne réserver qu'à moi seule vos forces et vos plaisirs! Vous qui jouez du luth sans vergogne à mes yeux, et sur ma propre couche! vous méritez que je vous châtie tous deux comme j'eusse dû le faire déjà le premier jour où je vous ai vus!

La jeune esclave s'enfuit éperdue, ses longs cheveux traînant par terre derrière elle, tandis que Fleur d'Amour avait peine à retenir les gémissements qui se pressaient à ses lèvres. La géante, les traits courroucés et le regard flamboyant, se tenait debout devant lui et, du haut de sa grandeur, le regardait comme le soleil à son zénith contemple un grain de poussière à ses pieds.

L'instant d'après, Amgiadboudour manda son chambellan et, désignant Fleur d'Amour, lui dit :

– Va et prends soin d'enlever pour toujours toute envie de copuler à ce gringalet qui ne respecte même pas l'honneur que je lui fis de l'élever jusqu'à ma couche! Va, et rapporte-moi les marques de ma justice!

Le chambellan emmena Fleur d'Amour hors du palais et le conduisit en un lieu écarté d'une profonde forêt où une petite forge se dressait déjà, préparée pour l'opération à laquelle le prince allait être soumis.

Mais le chambellan était un homme bon et de grand cœur. Il lia conversation avec Fleur d'Amour et fut pris de pitié pour le jeune homme en découvrant sa belle intelligence et sa beauté. Le prince, fort en peine de perdre les attributs de sa virilité, qu'Allah lui avait accordés pour son plus grand plaisir et pour celui de toutes les beautés auxquelles il se plaisait à rendre hommage, répondit de bonne grâce aux questions du chambellan. Cependant, en homme sage, il se soumettait à sa destinée, remettant entre les mains du Très-Haut sa vie et son bonheur.

Lorsqu'ils furent devant la petite forge qui se dressait au centre de la forêt, le chambellan fit rougir un grand feu de charbon de bois et se mit en œuvre d'accomplir les ordres de sa maîtresse. Mais plus il contemplait le jeune homme et ses nobles attributs, sa fière gazelle et ses jeunes faons, plus il le prenait en affection, et son esprit se révoltait contre le cruel châtiment qu'il était chargé d'exécuter. Devant que d'accomplir son œuvre, il réfléchit aux moyens de contourner les ordres de sa souveraine sans qu'il courût le risque qu'elle s'en aperçût. Il avisa soudain de grands singes qui sautaient de branche en branche et il en attrapa un. L'animal, de belle taille, gisant à ses pieds, il exécuta sur lui l'opération à laquelle la géante avait condamné Fleur d'Amour. Après quoi il mit de côté les fruits de jouvence de la bête, bien résolu à les rapporter à sa souveraine comme étant ceux du jeune homme. Puis il baisa la bouche du prince, non sans couler un long regard en direction des attributs qu'il venait d'épargner, et se mit en position d'en subir la vigueur sur sa propre personne. Satisfait de l'expérience, il étreignit l'adolescent une dernière fois, lui donna sa bourse en présent et lui conseilla de quitter ces parages au plus vite pour leur repos à tous deux.

Fleur d'Amour le remercia de sa bonté et bénit Allah de sa clémence. Comme il n'était pas vêtu, il dépouilla le singe de sa fourrure et s'en recouvrit, attendant de trouver quelque habit plus convenable.

Il marcha longtemps dans la forêt sans parvenir à en entrevoir la fin. Le soir venu, il se coucha à même la terre et s'endormit profondément. Le lendemain à l'aube, frais et dispos, il reprit sa marche et poursuivit ainsi jusqu'au soir, s'attardant uniquement à cueillir quelques baies pour calmer sa faim et à se désaltérer aux sources qu'il rencontrait.

Au soir du septième jour de marche, les arbres de la forêt s'espacèrent, et devant que la nuit ne tombât, le prince se trouva aux portes d'une cité prospère entourée de solides remparts.

LES TROIS GAZELLES DU ROI ABDULLAH BEN MEHIR

Or, pendant que Fleur d'Amour contemplait la ville inconnue que doraient les derniers rayons du soleil couchant, un vieillard s'était approché de lui et le dévisageait avec curiosité. Le prince, les yeux éblouis par la magnificence du spectacle qui s'offrait à lui, songeait au moyen de pénétrer dans cette cité sans se faire remarquer par l'étrangeté de son accoutrement.

Au loin, dans les violets et les mauves du crépuscule, les minarets élancés et les coupoles dorées étincelaient encore tandis que l'appel timide du muezzin invitait les fidèles à la prière.

L'inconnu lui toucha doucement l'épaule de sa main et lui souhaita le salam avec une politesse exquise. Fleur d'Amour, tiré brusquement de sa rêverie, s'empressa de lui rendre son salut.

– Ô jeune homme, lui dit le vieillard, par quelle sorte de chemin la destinée te conduisit-elle en ce lieu, vêtu d'aussi étrange façon?

– Qu'Allah te garde en sa prospérité, toi et ta famille! lui répondit le jeune homme. Apprends donc que ce n'est pas de mon plein gré que j'ai revêtu cette dépouille d'animal, mais comme j'étais nu devant que je m'en fusse couvert, il valait mieux par respect pour les autres que je sois tel que tu me vois! Mais si tu peux me procurer quelque vêtement plus décent avant de me laisser franchir les portes de cette cité, je t'en saurai gré infiniment.

A ces mots du jeune homme, le vieillard déplia un paquet qu'il avait sous le bras et en tira une gandoura de toile brodée, une chemise de soie et des vêtements de dessous qui, sans être d'une grande richesse, étaient néanmoins fort convenables. Le prince les revêtit sur-le-champ et fut heureux de les trouver à sa taille. Puis il tira quelques pièces d'or de sa bourse et les voulut remettre au vieillard pour le dédommager, mais ce dernier les refusa en disant :

– Ne sais-tu donc pas, jeune homme, qu'un bienfait ne se paie point sans qu'Allah, qui seul pèse les actes des hommes, s'en courrouce? Garde ton or pour tes propres besoins, je t'ai offert ces vêtements volontiers puisqu'ils appartenaient à mon fils qui avait ton âge mais qui jamais plus ne les portera. Et si tu l'acceptes, j'aimerais t'offrir aussi sa chambre en ma maison, où tu pourras demeurer aussi longtemps que tu le voudras.

Fleur d'Amour remercia le vieillard avec effusion et l'accompagna vers sa demeure sans oser troubler par quelque question le silence de son compagnon. En franchissant la porte dorée de la cité, le prince remarqua de chaque côté de la rue d'énormes pieux fichés en terre à la pointe desquels on pouvait voir des hommes nus empalés, et cela sans que nul passant parût s'en inquiéter. Seul son compagnon avait hâté le pas et quelques soupirs étouffés s'étaient échappés de ses lèvres. Fleur d'Amour, qui était déjà sur le point de lui demander la raison de ce supplice, se retint car il se doutait que c'était là que le fils de ce brave homme avait achevé ses jours.

Ils marchaient depuis plus d'une demi-heure à travers les petites ruelles sombres – car la nuit à présent était complète – lorsqu'ils parvinrent à la demeure du vieillard.

C'était une vaste et belle maison au mobilier luxueux. Son hôte fit servir à Fleur d'Amour un bon repas qui le réconforta de ses jours de jeûne. Puis, voyant que son invité était rassasié, le vieillard lui apprit qui il était et le mit au courant des usages et des coutumes de la ville. Il s'appelait Rejeb ben Briz, et il était le doyen des drapiers de la cité. Il tenait une grande boutique au souk principal. Il lui raconta sa vie et lui apprit comment il avait vécu heureux et honoré jusqu'au jour où Abdullah ben Mehir, souverain de la ville, était tombé malade. Mais cette maladie était singulière et nul médecin, nul mage aussi savant qu'il fût n'avait pu la guérir. Or un jour, un étranger s'était présenté au palais et avait promis la guérison du roi si ce dernier daignait le recevoir auprès de lui.

Abdullah y consentit volontiers. Le guérisseur étranger lui fit suivre un grand nombre de traitements, avaler une quantité prodigieuse de drogues, mais tout fut vain. Le roi en prit de l'ombrage, et un beau jour il menaça le magicien de le mettre à mort s'il ne le guérissait pas avant la nouvelle lune. L'étranger, qui n'était assurément qu'un charlatan, craignant pour sa vie, ordonna un grand sacrifice et fit maintes incantations et enchantements devant le roi et sa cour.

Au troisième jour, il se présenta devant le

monarque et lui affirma qu'il ne serait guéri que par le sang d'une gazelle blanche portant une étoile d'or sur le front.

Beaucoup de jeunes gens du royaume se mirent en quête de cet animal mais nul ne le trouva. Aussi le roi se mit-il dans une grande colère et fit-il empaler tous ceux qui revenaient bredouille.

– C'est ainsi, conclut Rejeb ben Briz, que mon propre fils a trouvé la mort, il y a trois jours de cela.

Ce récit du vieillard porta Fleur d'Amour à l'extrême limite de l'étonnement car il avait souvenance de la gazelle blanche qui l'avait poussé à quitter le palais du roi son père et l'avait entraîné dans cette longue aventure qui n'avait pas encore pris fin. Mais de tout cela il ne dit rien à son hôte, gardant pour ses instants de solitude toutes les pensées qui jaillissaient en lui.

Il s'enquit pourtant de la maladie du roi, mais Rejeb ben Briz ne sut l'éclairer, car nul ne savait exactement de quel mal souffrait le souverain et maintes rumeurs contradictoires circulaient à ce sujet.

Le vieillard termina par ces mots :

– Garde-toi d'entreprendre quoi que ce soit au service du roi, car il en irait de ta vie. Mieux vaut pour ta tranquillité que tu demeures auprès de moi et que tu m'assistes dans mon travail. Tu remplaceras ainsi dans mon cœur et dans ma maison celui que j'ai perdu!

Fleur d'Amour n'avait rien à répondre à un discours aussi honnête, mais il n'en gardait pas moins au fond de lui-même la secrète envie de se renseigner au sujet de la maladie du souverain, convaincu qu'il saurait l'en guérir en lui indiquant en quelle contrée il avait vu la gazelle blanche portant une étoile d'or sur le front.

Au cours des jours qui suivirent, le prince aida Rejeb ben Briz dans son commerce et montra tant d'empressement et de gentillesse à servir les clients qu'en peu de jours la renommée de sa beauté et de ses bons sentiments eut fait le tour de la cité. Le vieillard fut félicité par tous les marchands de la ville d'avoir à son service un jeune homme d'une telle valeur et maint d'entre eux l'enviait. Peu à peu Rejeb se déchargea de tous ses soucis sur Fleur d'Amour et il n'eut qu'à se louer de son zèle.

La renommée du jeune homme parvint même au palais du roi Abdullah, où la favorite, la belle Fakhrelmolouk, entendant ses suivantes vanter les mérites et les grâces de Fleur d'Amour, fut curieuse de le connaître et de voir de ses propres yeux une personne dont on disait tant de bien.

Aussi se fit-elle conduire dès le lendemain au souk par l'une de ses fidèles esclaves et, parvenue à la boutique où Fleur d'Amour officiait entouré d'une foule d'acheteurs et d'admirateurs, elle entra et demanda au jeune homme de lui choisir lui-même quelques-unes de ses plus belles étoffes. Par respect pour le haut rang de la favorite, les autres clients se retirèrent, non sans qu'ils eussent chuchoté sur les raisons de la présence en ces lieux de la belle Fakhrelmolouk. La jeune femme restée seule avec lui, le prince la conduisit en son arrière-boutique et la fit asseoir sur un riche sofa. Là, il fit servir le thé et quelques friandises, comme il avait coutume de le faire pour ses clients de marque. A la vue de Fleur d'Amour, le cœur de la favorite avait battu avec tant de force que le sang lui était monté au visage. Ce n'est que lorsqu'elle se fut un peu calmée qu'elle retira son voile et montra au jeune homme la merveilleuse beauté de sa personne. Le prince en demeura ébloui. De longs cheveux noirs encadraient un visage si parfait que l'on ne savait plus si l'on devait admirer davantage le front pur et lisse, la finesse du nez à la courbe élégante et légère, ou la bouche désireuse de baisers, aux lèvres rouges et fermes, laissant entrevoir les feux magiques d'un double chapelet de pierres précieuses. Enfin, le cou frêle et blanc disparaissait sous des voiles prometteurs de mille perfections plus grandes encore...

Muet d'admiration, Fleur d'Amour ne songeait plus à choisir les étoffes destinées à la favorite mais demeurait immobile, les yeux pleins de désirs, devant celle dont le poète a dit :

Quand elle apparaît sans voiles,
dans le simple rayonnement de sa nudité,
houïah! Il n'y a plus ni soleil
ni étoiles qui égalent sa clarté!

Quand elle apparaît, celui qui ne lâche pas
le fardeau qu'il porte pour se jeter
à ses genoux et l'adorer
est un sot ou un aveugle!

Mais quand elle disparaît, la nuit qui succède
à son rayonnement est plus profonde
que la plus sombre nuit d'hiver,
et c'est comme un poignard qui se plante
dans le cœur de celui qu'elle a quitté!

Les deux jeunes gens demeuraient dans la contemplation mutuelle de leur beauté et l'inévitable était sur le point d'arriver, lorsque la suivante de la favorite survint et engagea sa maîtresse à rentrer au palais, car le peuple jasait devant la boutique de son long tête-à-tête avec le beau marchand.

Fakhrelmolouk se prépara donc à partir et Fleur d'Amour s'inclina devant elle avec respect. Mais avant de le quitter, la jeune femme l'embrassa sur la bouche avec une ardeur sans pareille et lui glissa dans la main trois clefs en signe de soumission et d'amour. Le prince raccompagna la favorite et lui dit à haute voix en prenant congé :

– Madame, avant demain soir je vous aurai apporté moi-même ce que vous venez de commander, et je vous servirai de telle sorte que vous n'aurez pas à regretter de vous être adressée à moi!

En sa boutique, Fleur d'Amour demeurait songeur, et les nombreux clients qui étaient revenus chez lui après que la favorite s'en fut allée remarquèrent sa langueur et en devisèrent entre eux à voix basse.

Le lendemain, Fleur d'Amour courut au palais et demanda à voir la princesse. Celle-ci avait donné ses ordres et l'on introduisit le prince sur-le-champ. A la porte de son appartement on ne le fit point attendre non plus car elle accourut elle-même au-devant de lui, négligemment vêtue d'un simple voile brodé.

Elle prit soin de renvoyer tout son monde, et à peine fut-elle seule avec Fleur d'Amour qu'elle s'élança dans ses bras et lui couvrit le visage de baisers.

Tout, dans l'appartement de la favorite, était prêt à accueillir deux amants, et sans nulle précaution, ils s'aimèrent follement. Nus et beaux comme deux statues d'amour telles qu'en sculptent admirablement les Infidèles, ils connaissaient les secrets des plus merveilleuses étreintes et des plus savants baisers. Lorsque le nombre de leurs assauts eut dépassé celui de leurs doigts réunis, ils s'attablèrent devant un buffet somptueux où ils puisèrent des forces nouvelles qui allaient leur permettre de renouveler leurs exploits.

Mais quand Fleur d'Amour voulut entretenir son amante du roi Abdullah, celle-ci lui couvrit la bouche de sa main, et le tenant par son mât de volupté, elle l'attira sur le sofa. L'aurore au sourire d'argent les trouva encore à leurs caresses :

toute envie étrangère à leurs plaisirs les avait désertés.

Mais à l'heure où le palais avait coutume de s'éveiller, le sommeil les avait vaincus et ils dormaient l'un près de l'autre si étroitement enlacés que la suivante de la princesse, qui venait avertir celle-ci de ce que le roi Abdullah était en chemin de lui rendre visite, ne parvint pas à les réveiller. Effrayée, l'esclave voulut au moins empêcher que le souverain ne les vît en telle posture, mais déjà Abdullah ben Mehir paraissait à la porte et s'étonnait du singulier spectacle qu'il avait sous ses yeux en son propre palais. Le roi Abdullah, émir des Croyants, était un souverain aimé de ses sujets pour sa justice, et dans toutes les circonstances où il devait exercer son autorité, il le faisait avec un tel bon sens que même les personnes par lui condamnées le louaient de sa clémence. Mais pour ce qui est de sa personne, il faut avouer que c'était un être digne de curiosité car la nature lui avait accordé trois mâts de volupté et non un seul comme elle donne au commun des mortels, et ces trois membres étaient l'orgueil et la gloire du roi.

Or, c'était justement à l'une de ces épées pourfendeuses de pucelages qu'un sombre mal s'était attaqué sans que nul médecin, nul mage pût la guérir. Ce mal affectait le roi d'autant plus qu'il l'empêchait dans une large mesure de s'adonner aux plaisirs dont il était coutumier et de combler par là même tant jouvenceaux que jouvencelles. Quand il vit avec quel sans-gêne sa favorite copulait avec un autre en son propre palais, il se proposa donc lui-même de s'en donner à cœur joie en leur compagnie, sans prendre garde à la contagion de sa maladie – puisqu'il se promettait de toute façon de faire périr les imprudents.

Il pria son chambellan qui le suivait de le dévêtir, ce qui fut fait à l'instant. Puis, ayant d'un geste renvoyé tout son monde, il se glissa dans le lit sans réveiller les jeunes gens. Les trouvant beaux à souhait tous deux, taillés dans la même étoffe de perfection, il se reprochait déjà l'idée qu'il avait eue de les vouloir faire périr plutôt que de les garder pour son plaisir.

Pendant que dans son esprit ses pensées jouaient de telle sorte, ses gazelles s'animaient toutes trois d'un mouvement autonome qui tendait à les diriger chacune vers sa tanière. Enfin, lorsque l'arc fut bandé à point, les trois flèches volèrent vers leur cible qu'elles transpercèrent avec volupté.

Fleur d'Amour et Fakhrelmolouk, dont le sommeil était fleuri de rêves merveilleux, se réveillèrent doucement, sans que le sourire quittât leurs lèvres. Mais quels ne furent pas leur étonnement et leur frayeur en découvrant l'auteur de leur jouissance! Leurs yeux entrouverts se refermèrent bien vite : ils ne songeaient plus qu'à reculer le plus possible l'instant de leur réveil inévitable. Abdullah en était ainsi à cueillir pour la cinquième fois le fruit de son plaisir lorsqu'il s'aperçut avec horreur que son membre malade se boursouflait étrangement. Peu après, une souffrance indicible le fit hurler de douleur, de telle sorte que son chambellan, qui attendait à la porte, accourut dans l'instant, suivi de trois esclaves. Les deux jeunes gens, ne pouvant simuler le sommeil davantage, tentèrent de se réfugier derrière les tentures des fenêtres, mais les gens du roi, qui leur attribuaient les souffrances de leur maître, les enfermèrent d'autorité en un cabinet humide et sombre.

Si la douleur du roi se calma quelque peu, son courroux demeura considérable. Il donna ordre, sitôt qu'il le put, que l'on amenât devant lui les coupables. Ceux-ci se prosternèrent à ses pieds dans une attitude pleine d'humilité.

Devant sa cour assemblée en conseil, il les

condamna à la mort par flagellation mais en souverain sage, il repoussa le supplice à une date ultérieure, car la vie lui avait enseigné que le temps est juge suprême et que toute action hâtive est sujette à l'erreur.

Fleur d'Amour, d'une voix ferme et assurée, demanda au roi la faveur de lui parler en particulier avant qu'il ne subît son châtiment. Abdullah le lui accorda et le pria de lui parler sur l'heure.

– Ô roi juste d'entre les justes! commença le jeune homme, tu viens de nous condamner sur cette terre et je n'ai nulle raison d'implorer ta clémence, mais avant de quitter la vie je voudrais être l'instrument de la grâce et t'apporter, moi, sujet d'opprobre, la guérison de ton mal! Car vois-tu, si le mage t'apprit que tu ne pourrais être guéri que par le sacrifice d'une gazelle blanche portant une étoile d'or sur le front, moi seul je puis te dire où tu trouveras cet animal...

Le roi l'écoutait avec grande attention et ses traits ne tardèrent pas à se rasséréner – en quoi Fleur d'Amour vit qu'une fois de plus il échapperait à la mort. Aussi, tout en aidant le roi, voulut-il préparer son avenir et se rapprocher de son bonheur; le but de son existence et de sa vie étant Oudaoullat la belle, qui l'attendait au royaume de Marzagra...

Le roi Abdullah congédia sa cour et s'entretint encore quelques instants avec le prince, qui lui apprit où et comment il avait vu la gazelle blanche pour la première fois et comment on parvenait au pays où elle demeurait. Fleur d'Amour fit savoir enfin que seul le grand djinn au visage de nuit qui l'avait conduit lui-même jusqu'au pays des Infidèles le pourrait guider vers cette contrée, s'il prenait soin de le châtier convenablement et de se défier de lui.

Le roi Abdullah ben Mehir, qui avait pris grand intérêt aux paroles du prince, lui dit :

– Étranger, je ne t'ai connu que dans l'opprobre mais je t'accorde la vie pour peu que tu dises vrai. Afin de me permettre de m'en assurer, tu m'accompagneras jusqu'au royaume de Marzagra d'où le djinn dont tu parles me guidera selon tes instructions. Mais malheur à toi si tu me trompes! Quant à la créature qui me honnit dans ma propre demeure, je lui ferai subir un châtiment double puisqu'il se peut que je t'épargne!

Mais Fleur d'Amour osa une dernière requête :

– Ô roi clément et juste, accorde-moi cette grâce encore de ne châtier point ta favorite avant que tu ne fusses de retour et guéri de ton mal. Peut-être que guérison et santé te feront prendre en pitié une femme si belle et si experte aux caresses et aux plaisirs d'amour.

Abdullah ben Mehir, qui n'était point habitué à ce qu'on lui parlât avec une telle franchise, trouva sages les paroles du jeune prince et suivit son conseil.

LE ROYAUME DE MARZAGRA

Lorsque les préparatifs de son voyage furent achevés, le roi Abdullah ben Mehir fit armer dans l'un de ses ports un solide bâtiment. Au jour fixé, il s'embarqua avec Fleur d'Amour et une belle escorte des meilleurs chevaliers de son royaume. Le navire avait été chargé de marchandises de grand prix, que le monarque comptait offrir aux personnes dont il serait l'hôte au cours de son voyage.

La traversée fut rapide, car Allah avait écrit que leur nef bénéficierait pour cette fois de vents favorables et d'une mer calme. Quinze jours après qu'ils eurent perdu de vue le royaume du roi Abdullah, ils arrivèrent en vue d'Ibizgra, capitale du royaume de Marzagra. Les hauts minarets et les coupoles de la ville brillaient au soleil et nos voyageurs purent se féliciter de l'heureuse issue de leur voyage. Le roi Maïmoune, d'une fenêtre de son palais, voyant un navire étranger dans le port, envoya des émissaires à sa rencontre.

Lorsqu'il apprit que le roi Abdullah en personne l'honorait de sa visite, il vint au port lui souhaiter la bienvenue.

Fleur d'Amour n'avait qu'une hâte : retrouver Oudaoullat qu'il recherchait depuis si longtemps au travers de tant d'aventures heureuses et malheureuses. Mais les rumeurs qu'il recueillit à son sujet l'affligèrent si fort que ses compagnons craignirent un instant qu'il ne perdît la raison. Toute la ville en effet ne parlait que du mariage prochain de la princesse Oudaoullat et d'un prince étranger. Et le jeune homme, à la description qu'on lui fit du prétendant, ne pouvait plus douter que ce ne fût le djinn au visage de nuit, celui-là même qui avait été chargé de le conduire auprès de son aimée et qui l'avait abandonné d'aussi lâche façon.

Le roi Maïmoune reçut ses hôtes avec une magnificence telle que de mémoire de prince et de sultan, l'on n'en avait vue de pareille. Les réjouissances durèrent trois jours entiers pendant lesquels le roi Abdullah et le roi Maïmoune se montrèrent tellement heureux de se connaître qu'ils n'eurent que le regret de ne s'être pas rendu visite plus tôt.

En abandonnant Fleur d'Amour à son sort dans la ville des Infidèles, le djinn au visage de nuit s'était flatté de conquérir la princesse Oudaoullat dont son jeune compagnon lui avait dit tant de bien. Il s'était donc dirigé immédiatement vers le royaume de Marzagra, qu'il atteignit en moins d'une semaine de vol.

Mais avant que de se présenter au Palais du roi, le djinn eut soin de s'enquérir des habitudes du palais, de la cour, du roi et de la princesse. Or, il apprit qu'en rentrant chez elle après qu'elle eut quitté le prince la nuit même de leurs noces, Oudaoullat avait fait part à son père de toutes les circonstances qui l'avaient retardée à son retour du Jardin enchanté où, une fois l'an, elle allait en compagnie de ses sœurs se baigner. Mais le roi Maïmoune, loin de la féliciter de son action, lui reprocha son manque d'égards pour un prince qui lui avait témoigné tant de prévenances. Il s'affligea même de la conduite de sa fille au point de l'enfermer en un palais solitaire, lui accordant pour toute compagnie deux vieilles esclaves qui la servaient et lui préparaient ses repas.

Puis, désireux de réparer l'affront que sa fille avait infligé au jeune prince que le destin lui avait désigné comme époux légitime, le roi fit publier, dans toutes les villes de son royaume et des états proches ou lointains avec lesquels il était en rapport, qu'il promettait une bonne récompense à quiconque lui donnerait des nouvelles de son gendre le prince, qu'Oudaoullat avait si injustement abandonné.

Dans sa solitude, la princesse regrettait déjà le mouvement d'orgueil et d'amour-propre blessé qui l'avait fait quitter un époux dont elle était tendrement aimée.

Lorsqu'il eut appris toutes ces circonstances, le djinn félon dissimula ses ailes sous un habit princier et tenta sa chance en se présentant au palais du roi comme étant Fleur d'Amour, le prince abandonné. Il narra l'histoire du jeune homme comme la sienne propre et le roi le reçut avec beaucoup d'honneur. Il fit mander sa fille en sa retraite, mais Oudaoullat, à la vue du prétendant, se montra si chagrine et impertinente que son père se fâcha cette fois tout de bon, et la fit enfermer en une tour abandonnée, humide et sombre dans l'attente de la voir revenir à de meilleurs sentiments. Navré du manque de courtoisie de sa fille à l'égard du djinn, Maïmoune redoubla de prévenances envers son hôte et ordonna que l'on préparât de grandes réjouissances pour fêter la réunion des deux époux. Et il accordait foi si parfaitement aux récits mensongers et aux forfanteries du faux prétendant, que sa perplexité fut extrême le jour où Fleur d'Amour lui exposa qu'il était lui-même l'époux légitime de la princesse et que celui qui avait brigué sa place n'était qu'un vil esclave. Il lui était en effet fort difficile d'admettre qu'il se fût leurré à ce point; aussi, avant que de s'engager sur la foi du jeune homme, il voulut examiner avec plus de précautions les faits que celui-ci avançait.

Mais Fleur d'Amour pria le roi Maïmoune de remettre à la princesse l'une des bagues qu'il portait à son doigt et de lui permettre de lui rendre visite. Le roi reconnut le bijou à l'instant car il en avait lui-même fait don à sa fille pour son dixième anniversaire. Il ne douta plus dès lors que Fleur d'Amour ne fût le véritable époux de la princesse sa fille, l'autre n'étant à l'évidence qu'un vil imposteur. Il s'en convainquit d'autant mieux lorsqu'il vit la joie illuminer le visage pâle et amaigri d'Oudaoullat à l'instant où il lui remit la bague en lui faisant savoir que son propriétaire l'attendait.

La jeune fille courut se jeter aux pieds de Fleur d'Amour en le suppliant de lui pardonner sa fuite. Le prince la releva et, nullement gêné par la présence du roi, il la baisa sur la bouche et sur les yeux avec une grande tendresse. Des larmes de joie coulaient sur le visage des deux jeunes gens, et cette vision de bonheur attendrit le roi au point qu'il mêla ses pleurs aux leurs.

Oudaoullat retrouva bientôt la santé et la beauté, car il n'est point de femme qui languit auprès de celui qu'elle aime.

Quant au djinn au visage de nuit, il n'eut pas le temps de fuir pour éviter sa disgrâce : on l'amena enchaîné devant le trône du roi qui le condamna au supplice du pal pour ses mensonges et son impudence. Sur quoi le roi Abdullah ben Mehir, qui avait assisté à toutes les scènes qui venaient de se dérouler au palais, pria Maïmoune de commuer la peine du djinn en une flagellation exemplaire et de le lui céder comme esclave pour le voyage qu'il comptait entreprendre. Le roi accéda volontiers à cette demande et Abdullah ben Mehir prit congé de ses hôtes et de Fleur d'Amour, impatient d'aller conquérir la gazelle à toison blanche qui devait lui rendre la santé.

De grandes fêtes marquèrent les retrouvailles de Fleur d'Amour et de la princesse Oudaoullat. Les réjouissances durèrent une semaine entière. Le roi Maïmoune combla ses courtisans de présents fastueux et fit distribuer cent mille pièces d'or à son peuple, afin qu'il n'y eût personne dans tout le royaume qui ne prît part à la fête.

Le soir venu, Oudaoullat et Fleur d'Amour se retrouvèrent seuls dans l'un des plus beaux appartements du palais et il se passa entre eux ce qui devait se passer. Le prince, retrouvant sa bien-aimée dévêtue, la compara en son âme à une fine lance, et sa beauté à la clarté de mille flambeaux. Elle était royale dans sa nudité et sa cambrure était merveilleuse. Elle défiait en souplesse dansante les tiges délicates des bambous. Ses yeux lançaient des éclairs et sa croupe bénie d'Allah, but des désirs et ornement des rêves, était si fastueuse en vérité que le jeune homme s'écria :

– Ô désir des âmes, ô cœur, ô lumière de mes yeux, laisse-moi parcourir avec ivresse les charmes de ta maison, laisse-moi labourer de ma charrue la terre fertile de ton domaine! Laisse-moi presser les grenades de ta gorge, mordre aux pêches de tes joues, sucer le miel de tes lèvres!

Et là, avec sa permission, il ouvrit en elle ce qu'il y avait à ouvrir, laboura ce qui était à labourer, sema ce qui était à semer, cloua ce qui restait à clouer et mordit ce qu'il y avait à mordre! Il savoura son plaisir à la limite de la volupté, et tous deux reçurent en peu de temps la somme de toutes les joies du monde.

Dans la perfection de leur bonheur, la princesse oublia la ruse dont le prince s'était servi pour la conquérir... et le jeune homme la fuite de son amante et le souvenir de ses malheurs passés.

Mais après quelques mois de bonheur, Fleur d'Amour voulut s'en retourner en son pays et retrouver au passage son autre épouse, Bienheureuse. Il fit part de son désir au roi Maïmoune qui, bien qu'il regrettât de se séparer d'un gendre aussi charmant et d'une fille qu'il chérissait, fit équiper un noble vaisseau qu'il chargea de riches marchandises.

Le monarque accompagna les jeunes gens au port et leur fit promettre de revenir auprès de lui avant que trois ans ne se fussent écoulés. Sur quoi tous trois se quittèrent fort émus, et chacun s'en fut vers son destin.

MORT DE LA PRINCESSE

Fleur d'Amour et Oudaoullat voyagèrent longtemps par terre et par mer, goûtant l'un par l'autre l'amour le plus profond. Le prince ne songeait pas au retour en son royaume, il vivait ivre d'elle et elle de lui.

Or voici qu'un jour, ils abordèrent une île verdoyante et fraîche où l'envie leur prit de se reposer un moment. L'île semblait abandonnée quoiqu'elle parût fertile et d'un climat agréable.

Les deux amants s'étendirent sur l'herbe à l'ombre d'un grand arbre et, s'étant abandonnés à l'ardeur de leur tempérament, ils ne tardèrent pas à mordre à belles dents au fruit de l'amour. Mais soudain Oudaoullat poussa un grand cri et tomba inanimée entre les bras du jeune homme : un petit serpent des plus venimeux venait de la mordre et son venin avait agi instantanément!

Fleur d'Amour connut alors la plus grande détresse de sa vie. Sa douleur fut si vive qu'il en oublia de manger et de dormir, demeurant une semaine entière penché sur le corps de celle qui avait été la fleur de son désir.

Le huitième jour enfin, il rassembla ses dernières forces pour creuser une tombe, où il coucha la jeune fille dans un cercueil de verdure et de fleurs. Il la recouvrit de terre, puis, accablé, il attendit sur place la venue de sa propre mort.

Il était ainsi prostré depuis plusieurs jours, ne trouvant de forces que pour pleurer, lorsqu'un jeune homme qu'il n'avait pas entendu venir lui toucha l'épaule de sa main et lui demanda :

– Ô étranger, que fais-tu ici, dans cet accablement où je te vois, à pleurer solitaire?

– J'attends ma mort, qui ne tardera guère à m'emporter! lui répondit Fleur d'Amour.

– Fort bien, reprit l'inconnu, puisque j'attends ma mort aussi, je l'attendrai donc près de toi!

– Mais quelle raison peut te pousser à un sort aussi peu digne d'envie? s'enquit le prince.

– Apprends, ô étranger, que si mon histoire était écrite sur la prunelle de mes yeux et que chacun pût la lire, elle serait l'étonnement et l'ornement de ce siècle! Car si j'avais cent bouches en mon visage, et en chacune cent langues, et sur chaque langue un trésor d'éloquence, je ne pourrais te conter comme il sied mon étonnante aventure...

« Cela dit, s'il est un conseil que je peux donner à un homme, c'est qu'il ne se fie jamais à une femme et qu'il se rie de leurs promesses, car leur bonne ou mauvaise humeur dépend toujours du caprice de leur vulve!

....

Or nous étions deux frères, fils d'un père pauvre...

Mais l'histoire des deux frères fera l'objet d'un autre conte, car Oudaoullat était morte, et Fleur d'Amour attendait à son tour la mort.

FIN

Table

Le Verger des caresses

Cet ouvrage
réalisé pour le compte des Éditions Phébus
a été composé et achevé d'imprimer
par l'Imprimerie Floch à Mayenne
le 4 novembre 1985

Dépôt légal : novembre 1985
I.S.B.N. : 2-85940-060-5